KB022662

바
다
를
주
다

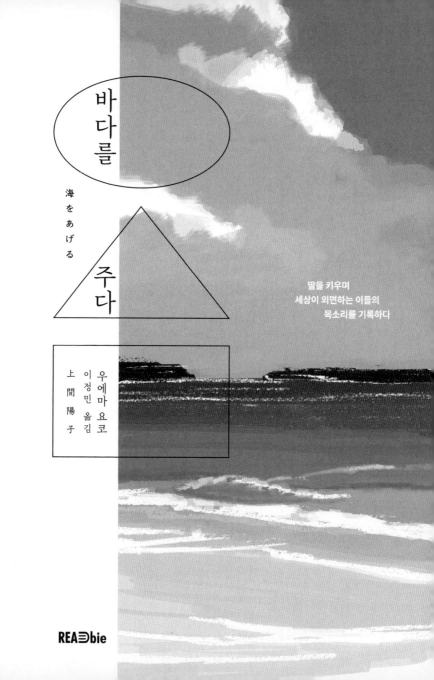

바다를 주다

海をあげる

주다

딸을 키우며
세상이 외면하는 이들의
목소리를 기록하다

우에마 요코 上間陽子
이정민 옮김

REA⊒bie

일러두기

- 원서에서 오키나와 방언으로 표기된 부분은 제주 방언으로 번역하였습니다.
- 본문의 주는 모두 옮긴이주입니다.

차례

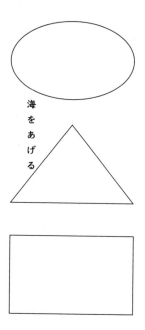

海 を あ げ る

맛있는 밥

딸은 밥을 참 잘 먹는다. 이가 나자마자 오키나와의 향토 음식 중 어른도 웬만해서는 잘 먹지 못하는 '데비치'라는 삶은 족발을 먹었고, 세 살쯤 되어 외식을 하러 가자 어른처럼 1인분을 먹어 치웠다.

눈에 넣어도 아프지 않을 손녀딸을 위해 일주일에 한 번은 밀폐 용기에 음식을 담아 오는 친정 엄마는 "후카가 떼쓸 때는 그렇게 얄미울 수가 없는데, 밥 먹는 걸 보면 어찌나 기특한지 다 용서가 된다."라며 딸이 밥 먹는 모습을 보며 흐뭇해한다.

딸이 아기였을 때 가장 좋아한 책은 아오야마 유미코 씨의 《잘 먹고 갑니다》라는 책으로, 호스피스 병동에서 환자들에게 요청을

받아 특별히 만든 맛있는 음식의 사진과 그 에피소드를 엮은 책
이다.

딸과 함께 집에 있을 때 딸이 꽤 조용하다 싶어 찾으면, 방 한
구석에서 그 책을 펼치고 가만히 보고 있곤 했다. 펼쳐 놓은 페이
지는 튀김이 듬뿍 담긴 사진의 페이지일 때도 있고 달콤하고 짭
조름한 감자조림 사진의 페이지일 때도 있었다. 딸은 혼자 군침
을 흘리며 오랜 시간 동안 그 책을 보고 있었던 모양이다.

딸을 훌쩍 안아 올리면서 먹을 것을 좋아하는 아이라 다행이라
는 생각을 하고 또 했다. 그리고 딸에게 밥 짓는 법을 가르치는
날이 오기를 즐겁게 기다렸다. 나 자신을 위해 밥을 지을 수 있으
면 아무리 슬픈 일이 닥쳐와도 어떻게든 극복할 수 있다.

○ △ □

나는 과거에 음식을 잘 먹지 못했던 시기가 있다. 스물일곱 살
때 이혼하는 수밖에 없다고 생각하면서도 정작 이혼 이야기는 나
누지 못하고 있었을 때다. 이제 곧 헤어질 날이 온다는 것을 분명
히 아는, 뭘 하고 있어도 어디선가 엔딩곡인 〈석별의 정〉이 들려
오는 듯한 나날이었다. 지금의 갈등 패턴을 고치면서 함께 살아가

는 것은 어렵겠다고 마음 한구석에서 포기하면서 지냈고, 남편의 지방 부임이 결정되었을 때 나는 혼자 도쿄에 남겠다고 고집했다.

떨어져 산 지 석 달이 지났을 무렵 크리스마스 다음 날에 도쿄 집으로 온 남편과 느긋한 시간을 보내고, 밤이 되고 나서 그동안 있었던 일을 자세히 들었다. 오랫동안 여자가 있었고 그 여자가 이웃에 사는 내 친구라는 것이었다. 두 사람은 한 달 전에 헤어졌고 지금은 내 친구에게 새 애인이 생겼다고 했다.

오랜 시간을 들여 이야기를 듣고 나서 나는 입을 열었다.

"그래서 이 얘기를 듣고 나더러 어쩌라는 거야?"

"더는 거짓말을 하고 싶지 않았어. 그리고 당신은 무슨 일이든 모르는 것보다는 알아야만 이해할 수 있다고 했으니까."

확실히 그 말은 그 무렵의 내 입버릇이었다.

"으음, 아무리 그래도 이 얘기는 무덤까지 가져갔으면 좋았을 텐데."

"미안해. 말하지 않고서는 살아갈 수 없을 것 같았어. 그 대가로 무슨 일이든 할게."

"당분간 혼자 생각하고 싶으니까 내일 날 밝으면 집에서 나가 줘."

내가 남편에게 부탁하자, 남편은 단신 부임 중인 지역의 집으로 돌아갔다.

다음 날 밤에 이웃에 사는 다른 친구인 마유미의 집에 전화한 다음 곧바로 만나러 갔다.

마유미는 내 친구이자 남편의 전 불륜 상대의 친한 친구이기도 하다. 우리는 셋이서 혹은 넷이서, 어떤 때는 더 많은 사람들과 함께 수없이 밥을 먹은 사이다.

"남편한테 여자가 있었어. ○○하고 사귀었대. 한 달쯤 전에 헤어졌는데 4년간 사귀었나 봐. 나한테 말하지 않으면 살아갈 수 없을 것 같아서 털어놓은 거래. 나라면 이해해 줄 줄 알았다고 하는데, 아무리 생각해도 무슨 뜻인지 모르겠어. 두 사람은 무슨 생각으로 내 곁에 있었던 걸까."

마유미는 부들부들 떨었다. 그러고는 딱 잘라 말했다.
"이혼이네."

마유미는 "요코, 두 사람을 용서하지 않아도 돼. 아니, 용서하려고 하면 안 돼. 그러면 네가 무너질 거야." 하고 말한 뒤 목소리를 쥐어짜듯 당부했다.
"저기, 요코, 죽으면 안 돼."

나는 깜짝 놀랐다. 죽을 생각은 전혀 없었기 때문이다.

마유미는 이렇게 덧붙였다.

"네가 자살하면 나도 제정신으로 살지 못할 거야. 네 주변 사람 모두가 상처 입을걸. 네 어머니는 물론 친척까지 한 명도 빠짐없이 상처 입고 삼대가 화를 입을 거야."

마유미가 무슨 소리를 하는지 잘 이해가 가지 않았지만, 올곧은 눈빛과 진지하기까지 한 표정으로 말하기에 "나 안 죽어. 그래도 명심할게." 하고 약속했다.

마유미가 끓여 준 차를 다 마신 뒤 이제 그만 가야겠다면서 코트를 걸치고 신발을 신고 현관 앞에서 손을 흔들자, 마유미는 울고 있었다. 나를 물끄러미 보면서 "잊지 마. 죽으면 안 돼." 하고 다시 한번 신신당부했다.

아무도 없는 집에 들어가고 싶지 않아서 일부러 멀리 돌아서 갔다.

추운 섣달의 밤길에서 세상에, 이런 일이 다 있네, 하고 마음 한구석으로 조금 재미있어하기도 했다.

살다 보면 이런저런 일을 겪게 마련이라고 하더니 진짜였구나. '결혼해서 행복하게 잘 살았습니다. 끝.'이 아니었구나. 다음으로 내가 해야 하는 일은 뭘까. 우선 나는 그녀와 이야기를 해야 한다.

다음 날 그녀에게 전화를 걸자, 화난 목소리의 "나는 아무 말도 하고 싶지 않아."라는 단호한 대답이 돌아왔다. 아니, 어떻게 화 낼 생각을 다 하지? 하고 기막혀하며 도리어 내가 저자세로 설득했다.

　"잘 생각해 봐, 세 사람의 관계라는 게 있잖아. 그리고 나와의 관계도 있는 거잖아. 그러니까 네가 나한테 이 일을 설명해야 하지 않겠어?"

　전화기 너머로 신음하는 듯한 소리가 났다.

　"알겠어. 그런데 나도 각오가 필요해. 하루만 더 기다려 줬으면 좋겠어."

　피해자인 척하지 마. 지옥의 밑바닥에 있는 사람이 꼭 너인 것 같잖아.

　하고 싶은 말은 많았지만 나는 밥을 먹지도, 잠을 자지도 못한 채 약속 시간이 되자 실내복 위에 코트만 걸치고 수없이 드나들던 그녀의 집으로 향했다.

그녀는 홍차를 매우 잘 끓인다. 상황이 이런데도 어김없이 좋은 향기가 나는 홍차를 끓여 주었다. 나는 바닥에 앉아 무릎을 끌어안고 기다렸다. 그녀는 파랑과 노랑의 예쁘고 동그란 볼에 딸기를 담아 오더니 나와 테이블을 사이에 두고 무릎을 꿇고 단정히 앉았다.

세상에, 딸기 살 여유가 다 있구나, 그런데 나는 딸기 같은 거 안 먹어. 그렇게 생각하며 딸기가 든 볼을 가만히 응시했다.

"일단 4년 동안의 일을 그 사람한테 전부 들었으니까 이번에는 네가 나한테 제대로 설명해."

그랬더니 "원래는 그냥 즐기는 관계였어. 그러다 보니 푹 빠지더라."라는 대답이 돌아왔다. 그러고 나서 두 사람이 만남을 유지한 이유를 설명했다.

하지만 내가 듣고 싶은 이야기는 그런 것이 아니라 내가 지은 밥에 대한 것이었다. 왜 내가 지은 밥을 먹으러 왔는지, 무슨 생각을 하면서 밥을 먹었는지. 일상생활에 잠식해서 사람의 선의를 우려내는 건 무슨 억하심정에서 그러는 건지.

"왜 내가 지은 밥을 먹었어? 왜 교토에 가 있는 동안 나한테 화분을 돌봐 달라고 했어? 왜 계속 우리 동네에 사는 거야?"

그녀는 내 질문에 그 어떤 대답도 하지 않았다.

"이혼하기를 기다렸어. 그런데 그 사람은 이혼하겠다는 소리를 한 번도 안 하더라."

그렇게 말하더니 급기야 두 손으로 얼굴을 감싸고 조용히 눈물을 흘리며 우는 것이었다.

우는 사람과는 대화를 할 수 없으니 울음이 그치기를 묵묵히 기다렸다. 울고 있는 그녀는 매우 허무하고 아름다웠다. 잘못을 해 놓고 비련의 여주인공인 양 울다니 교토 여자에게 없던 편견마저 생길 지경이었다. 그나저나 4년 동안 우리 옆옆 집에 살며 우리 부부가 이혼하기를 기다렸다니 참을성이 정말 대단하다는 생각이 문득 들었다. 아무리 기다려도 이혼하지 않는 남자가 사는 집의 불 켜진 현관 앞을 지나 아무도 없는 자신의 집으로 돌아가는 것은 어떤 나날이었을까.

"매일 우리 집 앞을 지날 때 불 켜진 걸 보면서 혼자 너희 집에 가는 거, 괴롭지 않았어?"

무심결에 내 입 밖으로 나온 말을 듣고 그녀는 이번에야말로 본격적으로 울기 시작했다.

　나는 죽을 듯이 우는 여자에게 정말 약해서 그런 수법에 넘어가지 않은 적이 거의 없다. 언뜻 정말로 가엾어 보여서 "됐어, 이제. 어쩔 수 없었단 거지? 알겠어."라고 말했다.

　"요코, 정말 미안해. 오늘 식칼에 찔리는 줄 알았어."

　아니, 어떻게 그런 생각을 하지? 하고 또 머릿속이 차가워졌다. 식칼에 찔리는 정도로 용서받을 일인가, 이게?

　있잖아, ○○. 너를 찌르다니 당치도 않아. 4년 동안 아무것도 모르고 너를 상냥하게 대한 나를 찌르고 싶어. 그런데 내가 그래 버리면 마유미는 망가질 거고 우리 가족은 삼대까지 무슨 화를 입게 될 거라더라. 그래서 나는 아무 짓도 하지 않고 이 집을 나갈 거야. 그 대신 네가 나한테 한 짓은 하나도 빠짐없이 다 기억할 거야.

　정말 하고 싶었던 말은 그런 것이다. 그럼에도 불구하고 아무 말도 하지 않고 집으로 돌아갔다.

○ △ □

정말 괴로운 것은 그 후였다. 남편에게 여자가 있었는데 다름 아닌 내 친구였다니. 두 사람은 이미 헤어졌고 그녀에게는 새 애인이 생겼다고 한다. 요컨대 지금 나에게 남은 선택은 남편을 용서하느냐, 하지 않느냐 그것밖에 없다.

곱씹어 생각하면 할수록 이 일은 나로서는 받아들일 수 없다는 것을 깨달았을 때, 내 앞에 나타난 것은 음악 소리가 흔적도 없이 사라지고 밥을 먹지 못하는 시간이었다. 뭘 해도 통증이 따라와서 어떤 말도, 어떤 음악도, 어떤 음식도 의미가 없었다.

그 무렵 오사카에서 일하는 친구인 레이코에게 잠도 못 자고 밥도 못 먹겠다고 전화를 걸자, 레이코는 주말에 도쿄로 오겠다고 했다.

"으음, 그런데 네가 왔다 간 뒤 나 혼자 남았을 때 어떻게 될지 모르니까, 오지 마."라고 말했더니, 전화기 너머에서 친구는 울음을 터뜨렸다.

"네가 원하면 언제든지 갈 테니까 잊으면 안 돼. 네가 여기로 와도 좋고, 그게 싫으면 일단 오키나와로 돌아가는 것도 좋다고 생각해."

시카고에서 일하는 친구인 가즈미에게는 무슨 일이 있었는지 대강 적어서 메일로 보냈다. 그랬더니 어느 날 현관문을 열자 그녀가 그곳에 있었다.

가즈미는 "한국에 출장이 있어서 간 김에 귀국했어."라며 집에 들어왔다. 그런 다음 영국에서 배웠다는 이탈리아 요리를 한 뒤, 나를 의자에 앉히고는 띄엄띄엄 말하는 것이 고작인 내 이야기를 밤새도록 들었다. 이튿날 신주쿠까지 바래다 달라며 나를 데리고 나가 도쿄에서 파는 선물용 먹거리를 잔뜩 사더니 그걸 또 내게 이것저것 챙겨 주면서, "허그허그, 키스키스."라는 말과 함께 혼잡한 신주쿠 거리에서 나를 안아 주었다.

"요코, 도쿄가 싫으면 시카고로 와. 방은 있으니까 얼마든지 묵어도 돼. 같이 맛있는 것도 먹고 산책도 하자. 그러니까 일단 뭐라도 좀 먹어."

집으로 가는 전철 안에서 기분이 조금은 밝아졌다. 친구가 와 준 덕분에 고등학생 때로 돌아간 것 같았다. 그때는 남자 친구와 헤어져서 울고불고하다 달콤한 것을 먹고, 또 울고불고, 계속 잠을 이루지 못해 또다시 울었는데도 속이 트이지 않아 친구에게 몇 시간이고 하소연을 늘어놓곤 했다. 그런 내 이야기를 묵묵히 들어 주는 친구가 곁에 있기에 앞으로도 틀림없이 좋은 일이 생길 거라고 막연하게나마 생각할 수 있었다. 그 당시의 이별과 지금의 일은 다르다. 하지만 친구가 와 준 덕분에 앞으로 살아가면서 뭔가가 있을 듯한, 반짝반짝 밝게 빛나는 것이 어딘가에 섞여 들어올 듯한 예감이 들었다.

출장을 간 김에 일본에 들어왔다는 말은 아마 거짓말일 것이다. 옛날부터 기분 내키면 어디로든 훌쩍 떠나는 성격이었으니 충동적으로 비행기에 올라타 도쿄까지 와 준 것이다. 이제는 안다. 일부러 티 내지 않고 도와주려 했다는 것을. 그런데도 그때는 고맙긴 해도 충분하지 않았다. 혼자가 되면 고통스러워서 매일 밤 녹초가 된 몸으로 밝아 오는 하늘을 맞았다.

아, 그렇지. 흐르는 물을 보고 싶어서 다마강까지 여러 번 걸음을 옮기곤 했다. 집에 오는 길에 있는 펫 숍에 들러 수조 속에서 헤엄치는 금붕어를 한참 보았다. 헤엄치는 물고기는 어쩌면 저렇게 아름다울까.

○ △ □

그런 식으로 살던 어느 날 밤 마유미에게 전화가 왔다.

"저기, 요코. 지금 우리 집에서 술지게미 된장국이 끓고 있어. 냄비에서 보글보글 소리 내며 뜨끈뜨끈 끓고 있다니까. 요코, 우리 집에 오지 않을래? 여기서 먹고 싶으면 그래도 되고, 지금 아무하고도 같이 먹고 싶지 않으면 따로 담아 줄게."

쉰 목소리로 같이 먹는 건 싫다고 했더니 마유미는 이렇게 물었다.
"그래. 무리할 필요 없어. 가지러 올래? 아니면 내가 갖다 줄까?"
"바람도 쐴 겸 가지러 갈게."
"밀폐 용기, 큰 걸로 가져와. 기다리고 있을게."
마유미의 집은 몇 분도 채 걸리지 않을 만큼 가까이에 있다. 느릿느릿 나갈 채비를 하고, 시키는 대로 큰 밀폐 용기를 품에 안고 집을 나섰다. 마유미는 나를 집 안으로 들이고 잠깐만 기다리라고 한 뒤 냄비에서 술지게미 된장국을 듬뿍 퍼 담아 주었다. 그러고는 "내가 만든 술지게미 된장국은 무적이니까 틀림없이 기운이 날 거야." 하고 덧붙였다.

그러고 있는 사이 마유미의 남편이 돌아왔다. 그는 음악 프로듀서로, 데뷔시킬 신인을 찾기 위해 이곳저곳을 다니곤 한다. 그날은 실력 좋기로 소문난 밴드를 보기 위해 니가타현까지 다녀왔다고 했다.

나는 부엌에 선 채로 마유미의 남편에게 투덜거렸다.

"음악 소리가 귀에 하나도 안 들어와."

마치 지금 내 처참한 상태는 좋은 음악이 없는 것이 원인이라는 듯이 말이다. 그런데도 싱글싱글 웃으며 들어 주는 그를 보고 이 사람은 정말 좋은 사람이구나, 하고 생각하며 전부터 궁금했던 것을 물어봤다.

"어떤 수준을 넘어선 훌륭한 음악이 몇 곡 있다면 그 외는 별로 필요 없을 것 같은데, 아니야? ○○ 씨의 일은 신인을 발굴하는 건데, 신인들의 곡은 보통 기껏해야 70점 정도의 음악이잖아. 그런데 뭘 보고 판단하는 거야?"

"좋은 밴드는 앉음새가 반듯하거든. 진지함이 다르다고 할까. 무대에 나오기 전부터 그 밴드가 어떤 소리를 낼지는 사실 얼추

파악이 돼."

전문가가 하는 소리라 잘 모르겠다고 생각하면서도 중요한 이야기를 하는 것 같기에 "와아, 그렇구나. 기억해 둬야겠네." 하고 말한 뒤 마유미가 챙겨 준 따뜻한 밀폐 용기를 품에 안고 집으로 갔다.

과연, 아무래도 나도 반듯하게 있는 편이 좋을 것 같다. 어느 쪽이든 괴롭기는 마찬가지일 테니 좋은 소리를 내 봐야 할 것 같다. 우선 오늘 밤에는 마유미가 나눠 준 이 술지게미 된장국을 싹 다 먹어 치우기로 마음먹었다.

집으로 돌아온 나는 부엌 의자에 털썩 앉아 밥을 먹었다. 어찌나 맛있던지 눈물을 흘리며 먹었다. 이토록 슬픈데도 맛있게 먹을 수 있는 건 아마 내가 강인한 사람이라서일 것이다.

"이혼이네."라던 친구의 말을 되새겼다. 아아, 그래, 이혼이구나. 이걸 다 먹으면 어떻게든 혼자서 살아가는 것이다.

그 후 나와 남편은 1년 뒤에 이혼하기로 약속했다. 함께 극복해 나가기는 이미 틀렸다는 것을 알면서도 그동안 이뤄 온 모든 것을 지금 당장은 없앨 수가 없었다. 따라서 1년 동안 나를 전폭적으로 지원해 달라고 부탁했더니 정말 도와주었다. 돈을 아낌없이 지원해 주는 것은 물론 데이터 설계법이나 논문 작성법을 가르쳐 주고, 내가 잠들지 못할 때에는 한밤중에 전화 통화를 해 주었다. 이혼 준비를 위해 영국 사회학자 앤서니 기든스의 《현대 사회의 성 사랑 에로티시즘 − 친밀성의 구조 변동》을 둘이서 다시 읽은 것은 지금 생각하면 나름대로 재미있었다.

그렇다고 내가 완전히 기운을 차린 것은 아니었다. 밥을 먹기가 힘들었고 일을 해내지 못해 많은 사람에게 피해를 끼쳤을 뿐만 아니라, 지구가 폭발했으면 좋겠다며 걸핏하면 울었고 또 지구가 폭발하지 않는다는 이유로 울곤 했다.

이혼한 것은 정확히 1년 뒤였다. 이혼 신고서는 오래 전에 작성해서 남편에게 넘긴 상태였는데, 어느 날 남편이 오늘 아침에 제출하고 왔다고 전화해 둘이서 찬찬히 대화를 나누었다.

"아, 아쉽다. 맛있는 알리오 올리오 에 페페론치노를 못 먹게 되다니 너무 아쉬워."

"요코, 언제든지 가서 만들어 줄 테니 말만 해."

"그럴 수는 없지. 아아, 성가셔. 우리가 남매라면 정말 편할 텐데."

그렇게 웃으며 전화를 끊은 뒤 나는 또 울었다.

여러모로 고마웠어. 함께한 덕분에 새로운 풍경을 많이 볼 수 있었어. 정말 즐거웠어. 안녕.

○ △ □

　이혼하고 10년 가까이 흐른 뒤 오랜 세월 친한 친구처럼 지낸 남자와 결혼하기로 결심했을 때 도쿄에 사는 마유미에게 소식을 알리러 갔다.

　"다시 한번 다른 사람과 함께 살아 볼 생각이야."

　기쁜 표정으로 내 이야기를 듣고 있던 마유미가 갑자기 잠잠해지더니 말했다.

　"잘 들어, 요코, 전부 잊어도 돼."

　내가 놀라서 쳐다보자 마유미는 굳세게 말했다.

　"너, 정말 애 많이 썼잖아. 그런데 이제 다 잊어버려. 그때 있었던 일 죄다 너 대신 내가 평생 기억해 줄게."

　순간 뭔가를 전부 용서받는 느낌이 들었다. 자칫 소리 높여 엉엉 울지도 모르겠다는 생각에 나는 초조해하며 말했다.

　"아아, 그런데 그 사람은 학회에 가면 어차피 보게 돼 있고, 으음, 아마 어디선가 또 만나게 될 거야."

　"그렇구나, 쉽지 않네."

　마유미는 나를 안쓰러워하며 말했다. 지금 마유미에게 전하고 싶은 마음은 그런 것이 아니란 걸 뒤늦게 깨닫고 나는 말했다.

"네가 잊어도 된다고 말한 건 잊지 않을 거야."

내 친구, 마유미는 여신처럼 자애로운 얼굴로 여느 때처럼 빙그레 웃었다.

시카고에 사는 가즈미는 오랫동안 교제한 남자와 헤어졌을 때 우리 집으로 훌쩍 왔다.

"오랫동안 함께해 온 사람과 헤어진다는 건 모든 걸 송두리째 잃는 거였구나. 요코, 네가 이혼했을 때 네 마음을 조금도 알아주지 못했어. 미안해."

그렇게 말하고 우는 가즈미를 달래며 나는 말했다.

"네 슬픔에 집중해도 돼."

"몰랐어, 정말. 서로의 연결 고리를 푸는 게 이토록 힘들다는 걸. 사소한 곳에까지 그 사람의 흔적이 있더라. 아, 여기도 있네, 하고 매일 그런 것만 눈에 띄어. 그 당시 요코는 이런 심정이었겠구나 생각했더니 얼굴이 보고 싶어졌어."

그 말에 나도 같이 훌쩍였다.

가즈미는 지금도 미국에 살고 있고, 2년 전 미국에서 자란 일본인과 결혼식을 올렸다. 결혼식은 16개국 사람이 모인, 영어와 스페인어와 일본어가 뒤섞인 활기찬 분위기였다. 섬세한 자수가 들어간 고급 맞춤 드레스를 입은 눈부시도록 아름다운 신부가 엉뚱

하게도 파이팅 포즈로 입장하는 바람에 크게 웃었다.

잠시 후 신랑이 신부를 향해 고백했다.

"나의 빛나는 사람, 나의 진심, 이토록 상냥하고, 이토록 터프하고, 전 세계를 누비는 사람. 나는 평생 당신만을 기다렸습니다."

그 말을 듣고 나는 누가 보든 말든 목 놓아 울었다. 그런 나를 그날 처음 본 미국에서 자란 대만인이 꼭 안아 주었다.

오사카에서 근무했던 레이코는 지금은 오키나와로 돌아와 우리 집 근처에 산다.

"생각나면 지갑이랑 휴대전화만 들고 당장 만나러 갈 수 있는 거, 역시 좋네." 하고 기뻐했지만, 레이코도 나도 바빠서 웬만해서는 느긋하게 만날 수가 없다.

하지만 곤란한 상황이 생겼을 때 가장 먼저 알리면 반드시 만나러 오고, 시간이 흐른 뒤에도 "저기, 지난번 그 일 어떻게 됐어?" 하고 반드시 물어봐 준다. 잊지 않고 다시 말을 건네주는 것은 곧 내 짐의 절반을 무조건 들겠다는 뜻임을 잘 안다.

얼마 전 지인이 내가 어떤 여성을 괴롭힌다는 소문이 퍼졌다고 가르쳐 주었다. 신경이 쓰여 알아봤더니 그 소문을 퍼뜨린 사람은 출혈이 멎지 않는다, 병에 걸렸다, 교통사고를 당했다며 내게 수시로 연락한 여성이었다. 그럴 때마다 나는 큰돈을 빌려주거나 아니면 돈을 그냥 주기까지 했다. 배신감을 느낀 나는 레이코에게 연락해 억울한 일을 당했다고 했다. 그랬더니 당장 날아와 주었다.

한바탕 내 하소연을 들은 레이코는 말했다.

"그동안 친절하게 대해 줬는데 정말 지독한 사람이네. 이제부터는 변호사한테 맡기고 재판이든 뭐든 해 버려. 그런데 요코, 너를 아는 사람은 네가 누군가를 괴롭히다니 말도 안 된다고 생각할 거야."

"정말 그럴까? 다들 나에 대해 잘 알고 있을까?"

"옛날부터 너를 알던 사람은 전혀 걱정할 필요 없어."

내가 불안해하며 묻자 레이코는 부드럽게 웃으며 답했다.

문득 생각이 나서 레이코에게 물어봤다.

"너는 어린 시절처럼 상처 하나 없는 인생과, 친절하게 대한 사람에게 마음이 너덜너덜해지도록 속기도 하지만 그래도 어른이 된 인생 중 어느 쪽이 좋아?"

레이코는 무슨 뚱딴지같은 소리를 하냐는 표정으로 즉시 대답했다.

"당연히 어른이 되는 편이 좋지. 너덜너덜해지든 어쨌든 간에. 다른 사람을 친절하게 대할 줄 아는 사람이 더 낫잖아."

이럴 때면 내 친구는 오사카 억양으로 말한다. 나는 그런 식으로 표현해야만 하는 말이 있는가 보다, 하고 고개를 끄덕인다.

○ △ □

살아 있는 것 자체가 귀찮은 나날이 있었다는 것이 젊은 여성에 관한 조사를 하다 보면 도움이 될 때가 있다.

오키나와의 유흥업소에서 일하는 젊은 여자를 만난 적이 있다. 그녀는 남자 친구가 자신의 친구와 몰래 바람을 피우다 들통났던 날 밤의 일을 털어놓았다.

"남친 이야기를 들은 다음 곧장 친구네 집으로 쳐들어갔어요."

"그래, 세 사람의 관계라는 게 있으니까."

진심으로 공감하며 맞장구를 치자, 그녀가 "맞아요!" 하고 눈물을 흘렸다.

그녀는 몇 년 전에 세상을 떠났다. 나는 끝내 막지 못했다. 그럼에도 불구하고 내가 그녀와 같은 일을 겪어 다행이라고 생각한다.

도쿄에서 한 젊은 여자를 만나 사연을 들었다. 우리는 그녀가 고등학생이었을 때부터 알고 지낸 사이다. 그녀는 직장에서 괴롭힘을 당해 우울증에 빠졌을 때 친구의 손에 이끌려 라이브하우스에 갔던 일에 대해 말했다.

"그럴 때는 음악이 흘러도 귀에 들어오지 않던데. 그렇지 않았어?"

내 물음에 그녀는 밝게 말했다.

"아, 여기야! 내가 있을 곳은 여기구나, 하는 느낌이 왔어요. 마음이 치유되는 것 같았거든요. 그때는 왠지 모르게 눈물까지 났어요."

음악을 듣지 못하게 되었어도 언젠가, 어디선가 새로운 음악 소리가 뚫고 들어온다. 나에게 그런 날이 올지는 알 수 없지만, 다시 듣게 되는 것은 신나는 일이다. 인터뷰를 마치고 가는 길에 그런 생각을 했더니 마음이 들떴다.

그로부터 세월이 꽤 흘렀다. 새로운 음악은 아직 오지 않았다. 그렇지만 인터뷰를 마치고 돌아설 때면 그녀들의 목소리가 음악 같다는 생각이 든다. 따라서 지금 나는 새로운 음악을 듣고 있는 셈이다.

슬픔이라는 건 아마도 살아 있는 한 없어지지 않을 것이다. 하지만 한결 작아진 상처는 나의 일부가 된다. 그리하여 나는 다른 사람의 말을 듣는 일을 직업으로 삼았다.

○ △ □

지난 휴일은 딸과 둘이서만 보냈다. 그날 딸에게 요리를 가르쳐 주었다. 친구가 나에게 만들어 준 술지게미 된장국처럼, 기운을 차리고 살아 보리라 다짐하게 하는 그런 맛있는 음식을 가르쳐 주고 싶은 마음에 냉장고를 열었다.

냉장고에 특별한 재료는 없었지만 첫 요리인 만큼 기본적인 것부터 시작하면 되겠다 싶어, 우동에 날달걀을 넣고 고명으로 파와 튀김 부스러기를 올려 국물 없이 소스를 뿌려 먹는 붓카케우동 만드는 법을 가르쳐 주었다.

 평소 나와 남편은 요리를 천천히 하기 때문에 순식간에 완성된 음식을 보고 딸은 금방 됐다며 놀라면서 먹기 시작했다.

 "엄마, 바삭바삭한 건 더 넣는 게 좋겠어."

 내가 냉장고를 열어 튀김 부스러기를 꺼내며 낫토도 있다고 일러 주자, 딸은 낫토도 넣고 싶다고 했다. 고사리 같은 손으로 낫토를 신중히 섞더니 그것을 우동에 얹어서 혼자 몽땅 먹어 치웠다.

 후카. 오늘 엄마가 너에게 가르쳐 준 건 누구에게도 자랑할 수 없는 정체 모를 음식이란다. 그래도 나름 맛있고, 오늘 하루 너에게 살아갈 힘을 주었지. 만드는 데 걸리는 시간은 겨우 3분이야.

 앞으로 네 인생에는 많은 일들이 일어날 거야. 그중에는 엄마와 아빠가 너를 지켜줄 수 있는 일도 있지만, 네가 오롯이 혼자서 감당하고 극복해야만 하는 일도 있어. 그때가 오면 네 빈속을 채워 주는 음식을, 그날 하루를 그냥 흘려보내도 좋으니 어쨌든 너를 버티게 해 주는 그런 음식을 네 손으로 직접 만들 수 있도록 익혀 둬야 해. 대충 만들어도 되고 얼렁뚱땅 만들어도 좋으니 그 음식을 먹고 괴로운 일을 극복했으면 좋겠어.

만약 네가 궁지에 빠졌을 때 한달음에 달려와서 맛있는 밥을 해 주는 친구가 있다면 네 인생은 어떻게든 될 거야. 아마 제법 괜찮아질걸?

또 하나 중요한 것이 있어. 그런 친구 곁에서 사람을 아끼는 법을 배운다면, 네가 궁지에 빠졌을 때 달려와 주는 친구는 네가 살아 있는 한 점점 많아질 거야. 정말이야.

붓카케우동 만드는 법을 가르쳐 준 날, 내가 딸에게 가르쳐 주고 싶었던 것은 그런 것이었다.

딸이 그런 것을 알게 되는 날이 천천히 오기를 나는 간절히 바란다. 맑은 목소리로 노래를 부르는 딸의 손발이 쑥쑥 자라서 혼자 힘으로 우뚝 설 수 있게 되고 난 후에 그날이 오기를 바란다.

두 명의 꽃 도둑

나는 초등학교 3학년 때부터 5학년 때까지 조부모님과 함께 살았다.

내 여동생은 초등학교 1학년 때 난치병에 걸렸다. 책가방을 메고 입학식에 갔다 온 다음 주에 갑자기 의식을 잃고 병원에 실려 갔다. 그때는 생존 가능성이 고작 몇 퍼센트인 수술을 하는 것 말고는 방법이 없었다.

장장 열두 시간의 긴급수술이 끝나고 기약 없는 장기 입원이 결정되었을 때 엄마는 당장 병원에 묵으며 동생을 간병하기로 했다.

우리 집에는 어른이 한 명뿐이라 초등학생인 나를 돌봐 줄 어른이 필요했다. 그래서 할아버지, 할머니가 우리 집에서 함께 살게 된 것이다.

할아버지는 조용한 사람이었다. 잘 가꾸어진 정원이 보이는 서재에서 책을 읽거나 글을 쓰는 것을 좋아하고 매일 같은 일을 반복하는 삶을 더없이 사랑했다.

할머니는 꽃을 좋아하는 사람이었다. 처음 보는 꽃이 피어 있으면 남의 집이든 공원이든 상관 않고 꽃을 꺾어다 집에 장식했다. 엄마와 이모는 남의 집 꽃을 꺾어 오는 건 도둑질이라며 할머니를 말렸지만, 할머니는 "많이 피어 있는데 뭐 어때?" 하고 꽃 도둑이 마치 자연의 섭리라도 되는 양 우겼다.

할아버지와 할머니는 거의 평생을 나키진촌(村)에서 살았다. 바다로 둘러싸인 그곳은 성터가 있는 작은 마을이다. 널찍한 정원이 딸린 오래된 집은 항상 잘 손질되어 있고 집 뒤편에는 비밀의 방처럼 작은 방까지 있었다. 그런 두 사람이 고자시(현 오키나와시)처럼 번화한 거리의 작은 집에서 살게 될 줄은 꿈에도 몰랐을 것이다. 우리 집에 짐을 들여놓은 뒤 할머니는 "밖이 안 보여서 숨 막힐 것 같구면." 하고 집 안의 창문을 활짝 열어젖힌 뒤에야 숨을 들이마셨다.

앞으로 어머니는 매일 병원에서 곧장 직장으로 갔다가 퇴근길에 집에 들른 뒤 병원으로 돌아가 여동생과 함께 잠을 잔다. 나는 할아버지, 할머니가 있는 집에서 학교에 갔다가 여동생의 병원에 들렀다 할아버지와 할머니가 있는 집으로 돌아와 두 사람과 함께 잔다.

○ △ □

할아버지는 우리 집에서 살게 된 후에도 생활 패턴에 거의 변화가 없었다. 아침에 일어나면 동네를 산책한 뒤 정원을 가꾸고 밥을 먹은 다음 동생이 입원한 병원에 버스를 타고 갔다가 저녁에 어머니와 교대하고 집으로 돌아왔다.

할아버지가 온 뒤부터 우리 집 정원은 깨끗해졌다. 파릇파릇한 잔디밭에는 잡초가 하나도 없고, 여름철이면 분홍색 진달래 꽃잎이, 겨울철이면 진홍색 동백꽃이 바위 위에 가지런히 놓여 있었다. 꽃이 떨어지긴 했어도 아직 곱게 물들어 있다는 이유에서였던 것 같다.

할머니는 말을 하지 않고 있으면 사랑스러워 보이는 사람이었지만, 그럴 때가 거의 없는데다가 입을 열었다 하면 다른 사람을 타박하기 일쑤였다. 그래서 나는 함께 지낸 3년 동안 할머니라면 질색을 하게 되었다.

방을 어질러 놓으면 할머니는 "지저분하기는! 온통 쓰레기뿐이 구먼!" 하고 타박했고, 청소를 하고 쓰레기를 버리려고 하면 "쓰 레기가 쌓일 때까지 여태 뭐 했어!" 하고 면박을 주었다. 날이 어 두워진 뒤에 숙제를 하면 "밤늦게까지 숙제를 하다니!" 하고 소리 를 지르고, 밝을 때 숙제를 하면 "너는 어쩜 네 할 일만 하냐!" 하 고 핀잔을 주었다.

자꾸만 이랬다저랬다 말이 바뀌는 것이 부당하다는 것을 알고 나서는 나는 매일 할머니에게 부당한 일로 혼나고 있구나, 하고 깨닫게 되었다. 그런 식으로 하루에 몇 번이나 혼나는지 알아봐 야겠다는 생각에 내 방으로 가는 도중에 있는 계단 벽에 이중 동 그라미로 기록을 했다. 이중 동그라미는 첫째 날에는 일곱 개, 둘 째 날에는 여덟 개, 셋째 날에는 일곱 개가 표시되었다.

매일 이러다 보니 사는 것이 싫어졌다. 나는 할머니 목소리를 듣는 것조차 싫었다.

어느 날 벽장에 틀어박히면 어떨까 하는 생각이 들어 방 벽장 을 싹 비운 뒤 스탠드를 설치해 책을 읽을 수 있는 골방처럼 만들 었다. 작은 양초와 과자를 가져다 놨더니 제법 쾌적한 은신처가 되었다.

할머니에게 또 부당한 일로 혼나면 이곳에 숨었다. 그 정도가 너무 심할 경우에는 이곳에 숨어서 밖으로 나가지 않기도 했다.

어린 마음에 할아버지가 왜 할머니를 싫어하지 않는지 신기했다. 할머니는 손녀에게 부당한 소리를 하는 것처럼 할아버지에게도 마찬가지였다.

"엄마, 할아버지는 왜 할머니를 싫어하지 않는 거야?" 하고 묻자, 엄마가 "그야 할아버지가 할머니를 무척 사랑하시니까 그렇지." 하고 대답해, 얼마나 놀랐는지 모른다.

"할머니는 공주처럼 곱게 자란 외동딸이었잖니. 밭일도 해 본적이 없는데 열심히 배우고 얼마 안 되는 생활비로 자식들도 키워 냈으니 할아버지 생각에 할머니는 정말 훌륭한 사람인 거야."

할머니가 어렸을 때 공주처럼 자랐다는 것은 기껏해야 밥상에 달걀이 매일 올라온 정도일 테지만, 할아버지가 할머니를 아끼는 것은 사실이었다.

산책하는 할아버지를 따라 마을 앞 들판을 거닐다 들장미를 발견한 적이 있다. 할아버지는 아야 소리를 내 가면서도 가시투성이인 들장미를 꺾어 집으로 가져가 할머니에게 선물했다. 할머니는 들장미를 집 안에 장식한 뒤 정원 한구석에 심었다.

내가 자란 집 정원에는 그런 화초가 많다. 생각해 보니 할아버지, 할머니는 모두 꽃 도둑이었다.

　동생은 3년간 재발을 거듭하고 마지막 수술을 한 뒤 더 이상 손
쓸 방도가 없을 만큼 악화된 상태에서 조용히 숨을 거두었다.
　3년간 동생 곁을 지켜 온 생활이 끝나고 할아버지, 할머니는 원
래 집으로 돌아가게 되었다. 나키진촌으로 떠나기 전날 할아버지
는 불단이 새로 설치된 방에 엄마와 나를 앉히고 물었다.
　"너희 둘이서 잘 이겨 낼 수 있겠느냐?"
　엄마가 뭐라고 대답했는지는 기억나지 않는다. 나는 할아버지
와 떨어지는 것은 쓸쓸했지만 할머니와 함께 살지 않아도 된다고
생각하니 진심으로 기뻤다. 야호, 나는 이제 벽장에 숨지 않아도
된다. 나는 이제 할머니가 버럭 화내는 소리를 듣지 않아도 된다.

○ △ □

　동생이 떠난 뒤 할아버지와 할머니는 둘이 함께 이곳저곳 여행
을 다니셨다. 전쟁 중에 할아버지가 교사로 일했던 대만에 갔을
때는 할아버지의 제자들이 폭죽을 연달아 터뜨리며 반겨 주어 할
아버지가 시를 읊었다고, 귀국 후에 들었다.

그대와 함께한 청춘의 꿈, 다시 더듬어 보네.

"그대라니, 누구야?"

나는 엄마에게 물었다.

"그대라는 건 연모하는 사람, 연인을 뜻해."

"연인이면 할머니?"

"그러게, 할아버지는 로맨티시스트네."

"할아버지는 취향도 참 별나."

엄마는 웃으며 말했지만, 나는 신기했다.

할아버지는 췌장암으로 돌아가셨다. 내가 도쿄에 가기로 결정했을 무렵 할아버지 몸에서 암이 발견되었고 이미 말기라 손쓸 방도가 없다는 것이었다. 의사는 반년도 못 버틸지 모른다고 했지만, 어머니와 이모들은 애초에 할아버지, 할머니에게는 아무것도 알리지 않기로 했다.

"할머니는 워낙 속에 뭘 담아 두지 못하는 성격이라 눈물짓거나 침울해할 것이 뻔해서 할아버지가 괴로워하실 거야."

엄마가 내게 말했다.

"할머니는 그렇다 쳐도 할아버지한테는 말해야 하지 않아?"

"다 같이 의논해서 결정한 일이야. 하지만."

엄마가 이어서 말했다.

"만약 엄마한테 시한부 선고가 떨어지면 앞으로 한 달이 남았든, 하루밖에 남지 않았든 상관없으니 꼭 알려 줘. 죽기 하루 전이라도 해야 할 일이 있거든. 그때가 오면 네가 엄마한테 알리겠다고 결정해야 해."

엄마가 죽기 하루 전이라도 해야 한다고 생각하는 일이 뭔지 나는 여전히 모른다. 하지만 그런 날이 오면 엄마에게 남은 시간을 제대로 알리고, 마음 약해진 엄마가 아무리 울고불고해도 내가 곁을 지킬 것이다. 나 역시 다시는 만나지 못하게 될 엄마와 하고 싶은 이야기가 있다.

○ △ □

도쿄에 가기 일주일 전에 할아버지 병실에서 이틀 밤을 잤다. 온몸에 황달이 퍼져서 몹시 가렵다고 했는데, 낮엔 문병객이 줄줄이 이어진 덕분에 조금은 괴로움을 잊을 수 있었던 모양이다.

밤중에 문득 눈을 떠 보니 캄캄한 가운데 할아버지가 몸을 벅 벅 긁는 소리가 났다.

"할아버지, 잠이 안 와?"

"시끄러워서 깼느냐?"

할아버지가 미안해하며 말했다.

"뜨거운 수건으로 몸을 닦으면 가려움이 가라앉을지도 몰라. 가져올게."

"미안해서 어째."

나는 뜨거운 수건을 두 장 가져와서 할아버지 등을 닦아 주었다. 할아버지는 정말 고맙다고 말한 뒤 금방 잠들었다.

아마 평소의 할아버지였다면 거절했을 것이다. 하지만 그날 밤은 몸이 못 견디게 괴로워서 내 제안을 거절하지 않았던 것이다. 훗날 오늘 밤 일을 많이 떠올릴 것 같다는 생각을 하며 나는 다시 잠에 빠졌다.

도쿄에 가기 전날에 할아버지 병원을 찾았다. 내일 도쿄로 떠난다고 말하자, 할아버지는 여름방학에 또 오라고 했다.

헤어질 때 병동 간호사 대기실 앞에서 할아버지가 내 얼굴을 물끄러미 쳐다보며 "정말 고맙다. 잘해 내야 한다." 하고 말한 뒤 계속 그 자리에 서 있었다. 할아버지, 어쩌면 이번이 마지막일지도 몰라. 어디에 있든지 반드시 돌아올게.

할아버지는 그로부터 두 달도 채 지나지 않은 초여름에 돌아가셨다. 도쿄에서 위독하다는 연락을 받고 아침 첫 비행기로 오키나와로 돌아와 곧장 할아버지 병원으로 갔다. 할아버지는 바싹 야위어 있었다. 의식은 없다고 했다. 그걸 알면서도 할머니가 "영감, 영감!" 하고 부르는 가운데 할아버지는 숨을 크게 들이마시더니 이내 돌아가셨다.

장례식은 마을 화장터에서 치렀다. 화장하는 동안 우리는 다다미방에서 기다렸다. 접이식 의자에 앉아 있는 할머니의 오른손은 하나 할머니가, 왼손은 도시 할머니가 꼭 잡고 있었다. 어렸을 때부터 할머니의 소꿉친구라는 두 사람은 할머니를 "시즈 짱, 시즈 짱." 하고 불렀다. 두 친구의 따뜻한 손길 사이에서 할머니는 눈물을 흘리며 고개를 끄덕이고 작은 소리로 뭔가를 말하고 있었다.

참석자가 약 천 명에 달하는 긴 장례식이었다. 오후에 시작된 장례식은 저녁에 끝났다. 장례식이 끝나자 스무 명 정도의 친척끼리 묘지에 가서 할아버지의 유골을 안치하고, 검은 가사를 입은 스님이 산소 앞에서 그날 두 번째 독경을 했다.

우리 집안 묘지는 눈앞에 바다가 펼쳐진 곳에 있다. 할아버지는 이제 매일 파도 소리를 들으며 지내겠구나, 그야말로 '오션 뷰'네, 하고 생각했다. 그때 할머니와 이모들이 묘지와 이어진 모래

사장을 향해 줄지어 걸어가기 시작했다.

이모 한 명이 다 같이 바다에 들어갈 거라고 말했다. 내가 어리둥절해하자 스님이 가르쳐 주었다.

"우리 섬(나키진촌)의 풍습입니다. 불교에서는 인정하지 않지만 저는 괜찮다고 봅니다. 종교는 살아 있는 사람들의 마음이 평온해지기 위해 존재하는 거니까요."

할머니, 엄마, 이모, 그리고 손주까지 모여 다 같이 바다에 들어가 바닷물에 무릎을 적셨다.

바다에 들어간 할머니가 아득한 바다 저편을 가리키며 말했다.

"영감은 저기로 갔구먼."

"저기서 우리를 지켜보고 계셔."

이모 한 명이 말했다.

"아버지가 저기서 지켜보고 계셔."

이어서 엄마도 말했다.

할머니가 가리킨 방향은 연한 초록과 파랑이 교차하는 바다 저편의 수평선 쪽이다. 죽은 사람은 모두 저쪽에서 지내면서 살아 있는 사람이 건강히 잘 지내기를 바란다고 이모 한 명이 모두에게 설명했다.

"엄마, 저쪽이라는 건 천국 같은 곳을 말하는 거지?"

나는 엄마에게 물었다.

"맞아. 저쪽은 니라이카나이*야. 죽은 사람은 니라이카나이에 간다는 전설이 있거든. 할아버지는 지금쯤 유리를 만났을까?"

엄마가 말했다. 곁에 있는 이모들도 한마디씩 거들었다.

"할아버지는 수영을 특히 잘했으니까 벌써 합류했을 거야."

"유리는 지금쯤 자기가 죽은 뒤 무슨 일이 있었냐고 할아버지한테 질문을 퍼붓고 있겠네."

"저쪽에서는 유리가 선배니까 할아버지한테 이것저것 가르쳐 주고 있을지도 몰라."

어른이 되지 못하고 작은 몸으로 죽은 동생이 할아버지에게 뭔가를 가르치는 모습을 상상하고 엄마와 나는 똑같이 후후후 하고 웃었다. 죽으면 모두 저쪽에 가서 그리운 이야기를 하는 모양이다.

바다에서 나와 모래사장으로 갈 때 할머니는 바다 저편을 향해 말했다.

"기다립서(기다리고 있어요)."

당분간 저쪽에서 지내게 된 할아버지에게 건넨 말이리라.

할머니에게도 이런 상냥한 목소리가 숨어 있었구나 싶어 신기

● 오키나와 사람들이 바다 너머에 있다고 믿던 낙원

했다. 동생의 생명이 사라지지 않기를 바라며 지냈던 3년간, 익숙지 않은 생활 속에서 할머니 또한 필사적으로 하루하루를 보냈을지도 모른다. 할아버지가 돌아가시고 나서야 나는 비로소 할머니의 목소리를 들었다.

언젠가는 할머니가 돌아가시고 그다음에는 엄마가 돌아가신다. 죽으면 모두 저쪽으로 간다. 지금도 할아버지는 바다에 있다. 내 동생도 바다에 있다. 우리는 언젠가 차례대로 저쪽으로 간다. 그때까지는 이곳에서 열심히 살다가 이윽고 모든 것이 끝나면 바다 저편으로 으쌰으쌰 헤엄쳐 간다.

깨끗한 물

딸이 다니는 어린이집에서 여름을 맞이해 마당에 물이 든 작은 양철 양동이를 죽 늘어놓았다. 아이들은 물에 이끌리듯 마당으로 나가서 양동이에 작은 엉덩이를 꾹꾹 넣어 물에 담근다.

마당의 수도꼭지는 아이들 눈높이에 설치되어 있고 물을 실컷 가지고 놀아도 아무도 혼내지 않는다. 어느 더운 여름날 나는 어린이집 선생님에게 수도세가 부담되지 않느냐고 물었다. 선생님은 "물론 금액이 엄청나죠. 그렇지만 아이들에게 물은 꼭 필요하거든요." 하고 똑 부러지게 대답했다.

딸이 아기였을 때 어린이집의 베테랑 교사는 매일 물을 많이 먹이고 신체 마사지를 꼭 해 줘야 한다고 일러 주었다.

"아기일 때 물을 먹지 않으면 커서도 물을 잘 안 먹는 아이로 자라니까 물을 많이 먹여야 해요. 후카는 피부가 약한 것 같은데 그래도 땀을 많이 흘리도록 하세요. 피부는 비누 없이 깨끗한 물로만 씻고 마사지를 하면 건강해져요. 마사지 하는 법을 잘 익히시고요."

등원한 아기는 무조건 그 선생님에게 마사지를 받는다. 그 마사지가 유독 기분이 좋은 모양이다. 딸을 데리고 등원했더니 어린이집에 갓 들어간 아기들이 그 선생님을 쫓아 네발로 기어 다니고 있었다. 하멜른의 피리 부는 사나이를 방불케 하는 그 광경에 웃음 지었는데 얼마 안 가 딸도 그 일원이 되었다.

어린이집 선생님들이 정성껏 키워 준 덕분에 딸은 정말 물을 좋아하는 아이가 되었다. 목욕을 하면 수도꼭지에 입을 갖다 대고 물을 먹고, 물이 든 양동이에 들어가 물놀이를 한다. 바닷가나 강가에 가면 딸은 곧장 물에 들어간다.

이제 슬슬 딸이 가지고 노는 튜브와 양동이를 꺼내 놓을까 하던 2019년 5월에 우리 집 수돗물이 오염되었다는 사실을 알게 되었다.

언론 보도에 따르면 기노완시 주민의 혈액검사를 했더니 발암 위험이 있는 유기불소화합물인 과불화옥탄술폰산(PFOS)의 혈중 농도가 전국의 약 4배, 국제적으로 규제 대상이 되는 유기불소화합물인 과불화헥산술폰산(PFHxS)은 전국의 약 53배에 달하는 수치를 보였다. 수원(水源)은 가데나 기지* 근처의 자탄 정수장이다.

그날 조간에는 혈액검사에 협조한 사람들의 '지하수가 오염된 것은 알고 있었지만 설마 수돗물까지 오염되었을 줄은 몰랐다.', '우물물은 가급적 피해 왔건만.', '정수기도 소용없었다.'라는 목소리가 줄줄이 실렸다.

지하수 다음은 수돗물인가 하는 생각이 들자 분노보다는 슬픔 때문에 기분이 가라앉았다. 2018년 가을에는 후텐마 기지* 일대의 지하수에서, 비행장에서 쓰이는 유독 물질인 포말소화제가 검출되었다. 집 근처 산책로에 있는 샘물에서도 포말소화제 반응이 나타나 최근에 '이 물은 마실 수 없습니다.'라는 간판이 세워졌다.

일어난 남편에게 기노완시 주민의 혈액에서 고농도의 유독 물질이 검출되었다고 말했다. 그리고 우리 집 정수기가 도움이 되는지 확인될 때까지는 후카에게 수돗물은 먹이지 말자고 했다.

● 오키나와섬 중부의 가데나정에 있는 아시아 최대의 미국 공군 기지
● 기노완시에 있는 미국 해병대 기지

남편이 "물을 사 먹겠다고?" 하고 당황해하며 묻기에 조금 속이 상했다.

"응. 인터넷으로 규슈 지역 물을 배달시켜야겠어. 여러모로 안전하다는 게 확실해질 때까지는 오키나와 물은 먹이지 말자."

남편은 알았다고 했지만 내가 왜 충격을 받았는지는 이해하지 못한 것 같았다. 하는 수 없이 좀 더 자세히 설명했다.

"산책로의 샘물만이 아니라 이번에는 수돗물까지 위험하대. 기가 막힐 노릇이지. 후텐마 기지의 폭음이 워낙 심해서 더 심각한 문제는 없을 줄 알았더니 오스프리°까지 배치되었잖아. 그때하고 똑같아. 여기 계속 살아도 되는지, 이사해야 하는 건 아닌지 고민돼."

잠자코 듣고 있던 남편이 "으음, 이사는 현실적으로 어렵지 않나? 다른 동네도 정수장은 똑같은 곳일 테고 다시 천천히 이야기하자." 하고 말하기에 이번에는 내가 입을 다물었다.

딸이 일어나기 전에 동네 자판기에서 그날 아침에 마실 물을 샀다. 500밀리리터 생수 두 개면 아침밥은 지을 수 있다. 조리용

● 주일 미군의 수직 이착륙기

물은 이런 방법을 쓰면 되지만 목욕물은 어떻게 해야 할까. 목욕할 때 딸은 수도꼭지에 입을 갖다 대고 물을 먹는다. 물로 불룩해진 딸의 동그란 배를 목욕 타월로 문지를 때면 나는 딸과 함께 항상 웃는다.

새해부터 미군의 비행기가 100데시벨의 폭음을 내며 빈번하게 날아들고 있다. SNS에 올려서 다른 사람들도 볼 수 있게 하고 싶지만 촬영에 성공한 적은 한 번도 없다. 비행기가 접근하면 집 전체가 덜덜 흔들리기 때문에 딸은 겁에 질리고 심할 때는 울음까지 터뜨린다. 그래서 비행기가 날고 있는 시간이면 나는 딸 곁을 떠나지 않는다. 작년까지만 해도 깨끗하던 산책로의 샘물을 보고 환성을 지른 딸을 생각한다. 지하수가 오염된 사실을 알았을 때 나는 그 물을 포기했다.

앞으로도 딸이 울면 곁을 지킬 것이다. 앞으로도 딸을 그 산책로에 데려가는 일은 없을 것이다. 그리고 앞으로는 딸에게 수돗물을 먹이지 않을 것이다. 그렇게 정한 몇 가지 사항은 과연 아주 작은 양보일까. 조금씩 견디고 참으면서 이곳에 계속 머문 것이 언젠가 결정적인 잘못이 되는 날이 올까. 그때 도망갔어야 했다고 후회하는 날이 올까.

한참 지난 후에 자탄 정수장이 수원인 다른 마을의 수돗물에서
도 유독 물질이 검출되었다. 오키나와 곳곳의 물이 오염되고 있
다. 나는 어디로 도망가야 할지 모르겠다.

○ △ □

문제의 한가운데에 살고 있는 사람들은 어디로 도망가야 할지
모른다. 이웃에 사는 백발 할머니의 이야기를 들었을 때도 그렇
게 생각했다.

기노완시에서 살게 되었을 때 이웃 사람이 이런저런 것을 가르
쳐 주었다. 이 근처에 자연적으로 생성된 방공호인 '자연호'가 있
어서 전쟁 때 주민들이 그곳으로 몸을 피했고, 자연호 안에는 깨
끗한 지하수가 있어서 식수 문제는 없었다고 한다.

"아, 이 부근에 반딧불이가 날아다니는 건 지하수가 있기 때문
이군요."

"저기 저 강에는 물총새도 있다니까요."

나중에 알아보니 물총새는 비취색을 띤 아름다운 새이고, 전쟁
때 주민들이 피했다는 자연호는 우리 집에서 조금만 가면 되는
곳에 있었다. 그때부터 이곳에서 오랫동안 살아온 사람들의 이야

기를 듣고 싶다, 수면 위를 나는 진짜 물총새를 보고 싶다는 생각을 하며 살고 있다.

2018년 3월에 이곳에서 오랫동안 살아온 할머니의 이야기를 듣게 되었다. 물총새는 아직 보지 못한 상태였다.

동네 침술사가 전쟁 당시 이야기를 들을 수 있다며 근처에 사는 구십 대 할머니를 소개해 주었다. 그 집을 찾아가 보니 불단 앞에는 백발의 할머니가, 툇마루에는 육십 대쯤 되어 보이는 남자가 앉아 있었다.

"안녕하세요."

내가 인사를 하자, 할머니는 말했다.

"내가 귀가 먹어서."

"할머니는 귀가 안 들리시니 더 큰 소리로 얘기해야 해요."

툇마루에 앉아 있던 남자가 알려 주면서 할머니 옆에 털썩 앉았다. 너무 자연스럽고 편하게 앉기에 아들인가 했더니 조카였고 집안일을 도우며 이 집에서 살고 있다고 했다.

나는 바로 앞에 있는 큰 밭을 보고 물었다.

"전쟁이 끝난 다음에는 계속 밭을 일구신 거예요?"

"꽃밭을 가꾸었지. 국화도 심고 처음에는 금잔화하고 카네이

션. ……아메리칸(미국인)한테 1달러 받고 팔았어. ……버스 타고 가데나 공군기지에 가서 매일, 행상을 했지."

할머니는 띄엄띄엄 대답했다.

그러고는 기지에서 가져온 것은 뭐든 다 사고팔며 생계를 꾸렸다고 말했다.

"작은 병 있잖아, 왜 튀어나온 배꼽처럼 생긴 병. 그걸 받아와서는, 1전에 사서 2전에 팔았지. 나하시의 가라스과~(젓갈) 가게에. (웃음) 가라스과~를 팔려면 병이 있어야 하잖아. 우리 집에 병을 사러 왔다니까. 나는 아메리칸한테 병을 그냥 버리면 아깝다고 하고 받아 왔지."

오키나와에서는 갓 태어나 아직 해조류를 먹은 적이 없는 독가시치 치어를 잡아서 소금에 절여 발효시켜 젓갈로 만든다. 그 젓갈을 스쿠가라스라고 한다. 스쿠가라스를 담아 보관하는 병을 가데나 기지에서 사거나 받아 와서 젓갈 가게에 팔았다는 이야기다.

"할머니가 얼마나 대단하시냐면요, 마흔 넘어서 운전면허를 땄다니까요."

"아이고멍아! 1년이나 걸렸어!"

"아이고멍아! 더 오래 걸리셨잖아요!"

조카의 대꾸에 다 같이 웃었다.

그러고 나서 할머니는 1945년 4월의 일을 들려주었다.

할머니는 가족과 친척과 함께 동네 자연호로 가서 몸을 숨겼다. 자연호 안에는 셀 수 없이 많은 사람들이 숨어 있었다. 4월이 되자 바다에서 함포 사격을 가해 폭탄이 쉴 새 없이 날아들었다. 그곳도 더 이상 안전하지 않아 다 같이 도망가기로 했다.

4월 4일 할머니는 가족과 친척 스물세 명이서 자연호를 나와 일본군과 함께 남쪽으로 이동했다.

"어디로 도망가셨어요?"

"우라소에 성터 앞길을 지나 슈리로. 그다음에는 한타가와. 길도 모르고 무작정 따라가다가…… 기얀곶에 도착했지."

나는 할머니가 도망친 경로를 듣고 숨을 삼켰다. 그것은 주민을 방패 삼아 이동한 일본군의 괴멸 경로다. 그 경로마다 무슨 일이 벌어졌는지 전쟁이 끝난 뒤 태어난 우리는 알고 있다. •

할머니는 계속했다.

• 1945년 태평양 전쟁 때 오키나와 주민들은 일본군의 방패막이가 되고, 집단 자살을 강요받는 등 학살을 당했다. 이때 약 12만 명의 오키나와 주민이 사망했다고 추정된다.

"남동생은 전쟁에는 안 나갔는데, 사람이 죽어 있다면서 그걸 (시신을) 묻어 주러 갔는데 되레 자기가 무덤 쪽에 있더구먼. 이렇게 돼서(쓰러져서). ……차마 눈 뜨고는 못 봐. (남동생의) 머리 위에 파편이 있었어. 보고 싶지 않았는데, 봐야만 했지."

"(여동생은) 둘째 오빠네 애들 먹일 분유 가지러 가야겠다고 나가서, 변을 당하는 바람에 (돌아)오지 못했어. 애들 분유 가지러 간다면서 나갔다가 또 못 돌아왔다니까."

"아버지는 오자토정(현 난조시)을 걸어가다가 변을 당하셨지. 세상에, 추릴 뼈고 뭐고 없었어. 그 얼마 전에 아버지가 나더러 돈을 보관하고 있으라는 거야. 만약을 대비해야 한다면서, 어머니가 있는데도 장녀인 나한테 돈을 맡기더라니까. ……우리가 보기에는 탱크가 지나간 것 같더란 말이지. 그러다 보니 탱크를 (살아 있는 사람의) 위에서부터 몬다는, 그런 헛소문까지 돌았지 뭐야. 어찌나 겁이 나던지 맨날 울면서 지냈어."

"(친척) 언니는 자식이 있었어. (애들과 자기는) 늘 함께 있을 거라면서, 여기 놔두고 떠나래. 우리는 또 피신을 갔지. 그 애들도

다 없어졌어."

남동생은 시신을 묻어 주러 밖에 나갔다가 폭격을 맞아 목숨을 잃었다. 여동생은 조카들의 분유를 가지러 갔다가 돌아오지 못했다. 아버지는 집안의 전 재산이나 다름없는 돈을 딸에게 맡긴 뒤 폭격을 맞아 목숨을 잃었다. 친척 언니는 아이와 자신은 무슨 일이 있어도 함께할 테니 여기 놔두고 떠나라고 말한 뒤 아이들과 함께 사라졌다. 기노완시의 자연호를 나올 때는 스물세 명이던 할머니의 가족과 친척은 미국군이 투항을 권고했던 이토만시의 기얀곶에서는 네 명으로 줄어 있었다.

오래전에 도쿄에 사는 친구가 업무 차 오키나와에 와서 그 업무가 끝난 뒤 기얀곶에 데려갔다. 그곳은 주민들이 궁지에 몰린 나머지 바다로 잇달아 뛰어내린 장소다.

그곳에 끝없이 펼쳐진 푸른 바다를 보고 친구는 환성을 질렀다. 친구는 내 설명에 "그건 모르는 거지. 이렇게 푸른 바다라면 죽으려고 뛰어내린 게 아니라 헤엄치려고 그랬을지도." 하고 내 옆에서 손발을 파닥거렸다.

"바다가 시커맸대. 미군 전함이 온 바다를 뒤덮고 포구를 일제히 이쪽으로 겨누었다고 하더라."

친구는 옆에서 조용히 입을 다물었다. 차로 돌아온 뒤 친구는 말했다.

"그 바다가 시커맸다면 더 이상 도망갈 곳이 없다고 생각할 수밖에 없네."

그러고는 "모르는 것투성이야." 하고 중얼거렸다. 살아남은 할머니가 포로로 잡힌 곳은 그 바다였다.

할머니는 어머니와 함께 나고시의 가요에 있는 포로수용소를 거쳐 기노완시의 노다케에 있는 포로수용소로 끌려갔다. 두 사람은 포로수용소에서 풀려난 뒤 폐허가 된 집으로 돌아가 그곳에 판잣집을 짓고 살기 시작했다. 할머니의 전쟁 후의 삶은 그때부터 시작되었다.

전쟁이 끝나고 2년이 지났을 무렵 할머니의 약혼자가 돌아왔다. 그런데 피렁하게(파리하게) 여윈 모습에 아무도 그 사람을 몰라봤다. 그런데도 할머니는 약혼자와 결혼해서 간병을 하고 꽃을 길러 가데나 기지에 팔고 땅을 개간해 국화밭을 일구어 생계를 이어 왔다.

할머니는 전쟁 이후를 살아온 자신을 가리켜 '함포의 먹다 남은 찌꺼기'라고 했다. 함포 사격이라는 괴물이 인간을 마구 먹어 치운 후에 남은 잔해라는 의미다.

전쟁의 한복판에서 마침내 전쟁이 끝날 때까지의 역사를 들으면서 전쟁터를 피해 달아난 기간이 석 달이나 이어졌다는 것을 깨달았다.

"생리 같은 건 어떻게 하셨어요?"

"기저귀 썼죠, 할머니?"

조카의 말에 할머니는 고개를 절레절레 흔들었다.

"그때는 별로 안 했어. 그거(폭격) 때문에 멈췄나?"

"포로로 잡혀서 이쪽으로 돌아오시고 나서 생리도 다시 시작되었어요?"

"별로 안 했어."

석 달 동안이나 어디로 도망쳐야 할지도 모른 채 할머니는 도망치고 또 도망쳤다. 도망치기 전에도 도망치는 중에도 음식은 늘 부족했다. 도망치는 곳마다 가족이 한 명씩 줄었다. 굶주림과 공포로 인해 생리도 멎었을 것이다. 나는 역시 아무것도 모른다는 것을 새삼 통감하며 이야기를 들었다.

○ △ □

그날 이후 할머니의 집을 여러 번 찾아갔다.

하루는 당근 수확철에 조카 남매와 딸을 데리고 할머니 집을 찾아갔다.

"밭에 들어가서 직접 당근을 뽑아 오려무나."

할머니의 말에 아이들은 환성을 지르며 밭으로 뛰어갔다. 할머니는 툇마루에 앉아 아이들의 모습을 지켜봤다. 그 집을 나설 무렵 할머니가 나를 불러 세우더니 돈을 건네며 말했다.

"애들 간식이나 사 줘."

"이걸 어떻게…… 못 받아요."

나는 놀라서 말했다.

"왜 못 받아! 넣어 둬!"

할머니가 큰 소리로 말했다.

"아이고, 얼른 받아요! 안 그러면 불호령이 떨어질 거예요."

옆에 있던 할머니의 조카가 더 큰 소리로 말했다. 이렇게 된 이상 호의를 받아들이는 게 좋겠다 싶어, 아이들을 죽 세우고 나 역시 큰 소리로 인사를 했다.

"고맙습니다."

이렇게 받은 돈은 기억에 남도록 써야 한다는 생각에 집에 가는 길에 아이스크림 가게에 들렀다.

아이들과 함께 아이스크림 진열장 앞에 서서 말했다.

"할머니가 주시는 선물이니 각자 좋아하는 아이스크림을 골라 봐."

"엄마랑 반으로 나눠 먹어?"

딸이 물었다.

"할머니가 주신 돈으로 사는 거니까 후카 혼자 먹어도 돼."

"혼자 다 먹어도 된다고?"

딸이 놀란 토끼 눈을 했다.

그날 딸은 혼자 딸기 아이스크림을 몽땅 먹어 치우고 밤에 거대한 아이스크림 그림을 그렸다.

그날 딸의 기억은 잎이 달린 당근과 딸기 아이스크림이 전부일 것이다. 할머니가 우리를 들여보낸 그 흙이 고운 밭은 전쟁이 끝난 후 할머니가 다시금 일구어 낸 보금자리다. 그것을 딸에게 어떻게 가르쳐 주면 좋을지 생각하다 결국 아무것도 가르쳐 주지 못한 채 시간이 흘렀다.

지형이 바뀔 만큼 폭탄이 쏟아지는 것이 전쟁이라는 것을, 아이들이 하나둘씩 죽어 가는 것이 전쟁이라는 것을, 아이와 자신은 늘 함께 있을 거라고 말한 뒤 죽은 엄마가 있는 것이 전쟁이라는 것을, 굶주림과 공포로 인해 생리가 멎는 것이 전쟁이라는 것을, 그리고 그 할머니는 그 모든 일을 경험한 뒤 다시 한번 그곳에서 땅을 일구어 살아왔다는 것을 딸에게 어떻게 이야기하면 좋을지 나는 아직 알지 못한다.

공포에 질려 눈을 부릅뜨는 딸에게 전쟁은 까마득히 먼 옛날에 일어났고 이것은 옛날 옛적 이야기라고 나는 언제쯤 딸에게 말해 줄 수 있을까.

딸과 함께 반짝이는 수면 위를 나는 물총새를 보러 가서 이곳은 매우 깨끗한 물이 흐르는 곳이고 지금 이러고 있는 사이에도 자연호 속에서는 물이 끊임없이 솟아나고 있을 테니 후카는 아무것도 두려워할 것 없다고 나는 언제쯤 딸에게 말해 줄 수 있을까.

혼자 살아가다

가즈키에 관한 소문은 오키나와의 유흥업계를 조사하던 중에 접했다.

자기 여자 친구인 하루나에게 원조 교제를 시켜서 돈을 벌어들이는 마쓰야마의 호스트가 있다. 예명은 기사라기 미야비.

가즈키의 여자 친구인 하루나는 어렸을 때 부모님의 이혼으로 이곳저곳을 옮겨 다니며 자랐다. 열다섯 살에 집을 나온 이후 남자 친구인 가즈키가 알선한 손님과 원조 교제를 하며 지냈는데 그런 생활이 4년 가까이 계속되었다.

나는 하루나를 여러 차례 만나 인터뷰를 진행했다. 내 인터뷰에 응하고 있을 무렵 하루나는 가즈키와 헤어졌다. 나를 만나자 내가 묻지도 않았는데 가즈키와 헤어졌다고 먼저 말해 주었다. 가즈키와 헤어진 덕분에 손님 받는 일을 하지 않아도 되고 지금은 낮에 일할 수 있어 기쁘다고 야무지게 말했다.

인터뷰를 한 지 1년 가까이 지나 하루나에게 연락해 보니 그녀의 휴대전화는 계약이 해지되어 있었다. 예전에 하루나를 소개해 준 사람에게 하루나는 요즘 어떻게 지내느냐고 물었더니, "요즘에는 통 소문을 못 들었어. 가즈키한테 물어봐 줄까?" 하고 대답했다. 하루나에게 일을 시키고 그 돈으로 생활한 가즈키에게는 궁금한 것이 없었기 때문에 나는 그 제안을 거절했다.

그 후에도 가즈키의 소문은 이따금 귀에 들어왔다. 가즈키는 하루나가 없는 오키나와에서는 살기 싫다고 했다, 하루나와 헤어진 뒤 도쿄로 갔다, 도쿄에서 호스트로 취직했다. 오봉* 연휴에 오키나와로 돌아와 대형 쇼핑센터인 라이컴에서 닥치는 대로 쇼핑을 했다 등등. 바에 가도 술집에 가도 화제에 오를 만큼 멋있었

---

* 조상의 넋을 기리는 일본의 명절로 양력 8월 15일이다.

다고 모두 입 모아 말하는 모양이다.

하루나를 만나지 못하는 지금이라면 가즈키를 만나도 될지도 모른다.

2017년 겨울, 도쿄에서 시사 평론가인 오기우에 지키 씨의 라디오 프로그램 관련해 일이 있었다. 도쿄에 갈 일이 생긴 김에 지인을 통해 가즈키에게 만나고 싶다고 연락했더니, 같이 사는 호스트들과 전골을 끓여 먹다가 심한 화상을 입어 병원에 입원했다는 것이었다. 가즈키는 내가 도쿄에 갈 무렵이면 퇴원할 것 같으니 만날 수 있다고 했다.

만나기로 약속한 2월의 그날은 가즈키가 퇴원하는 날이었다. 약속 장소는 이것저것 따져 본 끝에 '쓰바키야커피점 신주쿠사료'로 했다. 그곳이라면 담배를 피울 수 있고 역에서 가깝고 찾기도 쉽다.

그런데도 가즈키는 카페에 도착하기까지 제법 시간이 걸렸다.

약속 시간이 한 시간 가까이 지나 내 앞에 나타난 사람은 위아래로 부드러운 트레이닝복을 입은, TV에 나오는 연예인처럼 피부가 고운 남자였다. 내 자리로 다가와 "길을 한참 헤맸어요. 이런 데 올 일이 없어서." 하고 말했다.

"이제 막 퇴원했는데 미안해. 다친 곳은 좀 어때?"

"많이 좋아졌어요."

가즈키는 상의 옷자락을 들추고 배에 난 상처를 보여 주었다. 그리고 얼굴을 찌푸리더니 이번에는 바지를 걷어붙이고 허벅지에 두른 코르셋을 보여 주었다.

"코르셋이 돌아가서 아파요. 그리고 좀 이따 스튜디오에서 촬영해야 하는데, 아직 메이크업을 안 했네요."

"메이크업도 하는구나?"

"그럼요."

가즈키는 웃으면서 옅게 다듬은 눈썹을 손가락으로 눌렀다.

여자를 만날 때와 똑같다는 생각을 하며 나는 점원에게 케이크를 주문했다.

여자를 만날 때와 똑같다고 생각한 것은 가즈키의 곱상한 외모 때문만은 아니다. 다친 곳은 어떠냐고 물어봤을 때 가즈키는 주저 없이 옷을 들추어 내게 자신의 몸을 보여 주었다. 이렇듯 얼핏 보기에 상대방의 뜻대로 행동하는 듯한 수동적인 퍼포먼스는 내가 익히 아는 것이기 때문이다.

이런 식으로 자신의 성적인 가치를 잘 알고, 그것을 이용해 그 자리의 분위기를 통제하려 드는 어린 여자와 성인 여자를 지금껏 수없이 만나 왔다. 마음 한편으로는 안쓰럽다고 생각하면서도 그 사람이 만들어 낸 분위기에 나는 기꺼이 어울린다. 그것이 그 사람이 가장 안심하는 소통 방식이기 때문이다.

인터뷰를 통해 가즈키에 대해 많은 것을 알게 되었다. 가즈키는 아버지에게 맞으며 자랐고 어머니에게는 돈을 뜯겼다. 지금은 아버지에게 돈을 부치고 있다.

그렇다고 해서 가즈키가 용서받을 수 있을까? 가즈키는 하루나를 이용해 살아왔다. 하루나가 일하기 싫다며 울었을 때도 가즈키는 다정한 말로 하루나를 구슬려서 일하러 가게 만들었다.

인터뷰를 글로 옮겨 쓴 데이터를 보면서, 이 글을 씀으로써 가즈키가 그렇게 살아온 날들이 긍정되어도 될까 고민했다. 그렇다고 취재한 이야기를 쓰지 않는 것도 옳지 않다고 나는 생각한다.

가즈키의 인터뷰 기록을 데이터 그대로 실으려 한다. 이것은 오키나와의 한 가정에서 맞고 자란 남자아이가 여자 친구에게 원조 교제를 시켜 수천만 엔 넘게 벌어들이고 그 돈을 모조리 탕진하는 바람에 여자 친구에게 차인 뒤 도쿄로 올라가서 온갖 것을 이용해 신주쿠의 시끄러운 거리에서 오늘도 살아가는 그런 기록이다.

과거의 피해자가 오늘날 어떻게 또 다른 가해자로 변했는지,

그 이야기를 어떻게 하면 쓸 수 있을지 나는 그 방법을 찾아내고
싶다.

○ △ □

중학교 때는 어떤 아이였어?

중학교 때 어땠더라. 개구쟁이였죠, 뭐.

가장 짓궂게 장난을 친 기억은?

가장 위험했던 거 말이에요? (웃음) 으음, 공장에 들어가서, 그
공장 안에 있는 걸 죄다 엉망진창으로 만들어서 신문에 났어
요. 벌금으로 천만 엔이나 물었다니까요. 친구 넷이서 저질러서
250만 엔씩 나눠 냈죠. …….

어머니, 아버지는 어떤 사람이야?

아버지는 엄청나게 무서워요. 지금은 무섭지 않지만요. 병 때

문에 일도 못 하게 되었거든요. 제가 중학교에 다닐 때는 진짜 위험했다니까요.

무서워서?

네에. 악마처럼.

폭력을 썼어?

네. 때리고 던지고 그랬죠. …….

아버지는 체격이 크셔?

그렇죠. 지금은 저하고 비슷해요. 병에 걸리는 바람에 저랑 비슷한 거지만요.

무슨 병에 걸리셨는데?

반신불수가 되었어요. 왼쪽 팔다리를 못 쓴다고 해야 할지, 부상을 입었어요.

뇌졸중 같은 거?

그런 종류죠, 뭐.

어머니는 어떤 사람이야?

어머니가, 어떤 사람이냐고요? 어떤 사람일까. 그냥 평범해요.
흠, 어떤 사람? 어떤 사람일까. 무섭다고 느낀 적은 없는데.
금방 운다고 할까, 금방 울어 버리는 이미지예요.

그럼 천만 엔 사건 당시에는 뭐라고 하셨어? 우셨어?

그때는 250만 엔의 절반을 제 남동생이 물어 줬거든요. 걔가
닭을 좋아해요. 초등학생이었는데 닭으로 도박까지 했다니까요.
아버지도 닭을 좋아하는데, 도박을 특히 좋아해요. 닭끼리 홍
백으로 편을 갈라서 싸움을 붙이는 거죠. 아버지가 가르쳐 줘서
저금도 하고, 그래서 150만 엔이나 물어 줄 수 있었던 거예요.

뭐라고 했어?

동생이요? "아이, 두루붕이야(바보야)."라고 하던데요. ……. (웃음)

도쿄에는 몇 살 때 올라왔어?

스물한 살 때요. 올해로 스물넷이니 3년 정도 됐네요.

쭉 여기서만 지냈다는 건, 고향에 한 번도 가지 않았다는 뜻인가?

네, 쭉이요.

외롭지 않았어?

그야 뭐, 고향에 가도 할 일도 없잖아요. 도쿄에 있는 편이 재미있으니까요.

하루나와 헤어진 뒤 바로 도쿄로 올라온 거야?

석 달인가, 아니 반년쯤 지나고 나서 온 것 같아요.

하루나하고는 아주 오래 사귀었지?

5년쯤이요.

오래 사귀었네. 인생에서 가장 오랫동안 이어진 관계 아니야?

그렇죠.

하루나가 무슨 일을 했는지, 원조 교제에 대해 다 들었어. 두 사람이 역할을 분담해서 손님을 받았다는 이야기도 들었고. 두 사람은 어떻게 사귀게 되었어? 어떤 관계였어?

으음. 어떻게 사귀었냐 하면. 원래는 친구의 여자 친구였는데, 친구랑 헤어지고 나서 하루나가 저한테 고백했어요. 그래서 열여섯 살 때부터 사귀게 되었죠.

그 당시에는 사귀던 사람 없었어?

저요? 네. 저도 그냥 고등학교 다니느라 주말마다 만나는 식으로 사귀었죠. 하루나도 복잡한 가정사 때문에 부모님이랑 마찰이 많았어요. 가출한다고 해서 저도 하루나랑 같이 살았어요. 왠지 저도 그때는 부모님도 싫고 여러모로 그랬거든요.

열여섯 살 때 학교 땡땡이치고 친구랑 후쿠오카현에 갔어요. 그때 열일곱 살이었는데, 전부터 호스트를 해야겠다고 결심했거든요. 후쿠오카 나카스에서 호스트를 모집한다고 해서 가본 거예요. 후쿠오카에 호스트로 취직하러 간 거죠. 아주 더럽게 나쁜 업소였는데, 거기서 1년 정도 일했어요.

뭐가 더럽게 나쁜 업소인데?

아, 월급을 제대로 안 줬거든요.

아니, 왜? 손님을 상대하는데도?

그러니까요. 하루 벌어 하루 살라는 것처럼 "자, 천 엔." 하고 주더라니까요. 거기 종업원이 "자, 천 엔씩 받아. 이 돈이면 담배랑 먹을 거 살 수 있잖아." 하고.

세상에. 가게에 나가서 일하는데도 말이야?

월급날에도 달랑 1만 엔만 줬어요. 그때는 열일곱 살밖에 안 됐고. 집에는 가기 싫고, 숙식비는 뜯기지만 지낼 곳도 있고, 바라던 호스트로 일하고 있고, 거기다 고작 열일곱 살이라 이런저런 문제도 있어서 찍소리도 못 했어요. 신분증도 확인 안 하는 업소였거든요. 그래서 나이도 처음부터 열여덟 살로 말했어요. ……지금 생각하면 말도 안 되게 멍청한 짓이었어요. 그러다 부모님한테 전화가 왔어요. 돈이 없어서 오키나와에 가지도 못하고 있으니까, 부모님이 비행기 값 내줄 테니 일단 돌아오라고 하더라고요. 업소에는 그만둔다는 말도 안 하고 도망쳤어요. 친구 셋이서 따로따로 도망쳤어요.

야쿠자가 관리하는 업소였어?

(야쿠자도) 많이 있었죠. 아무래도 규슈 지역이다 보니 야쿠자나 주먹 쓰는 사람이 많잖아요. 두들겨 패는 모습을 바로 코앞에서 봤거든요. 도망친 사람을 붙잡아서 아주 초주검이 되도록 두들겨 패던데요. 그걸 보고 쫄긴 했는데. 그런데 그때 우

리는 거칠 것이 없는 열일곱 살이었거든요. 붙잡혀도 딱히 안 무섭다고나 할까. 오히려 불법을 저지른 건 그 사람들이니까요. 미성년자를 고용한 쪽이 잘못이라는 얘기가 나와서 에라, 모르겠다, 튀자, 하고 다 같이 도망쳤어요.

그러고 나서 하루나하고 같이 지냈어요. 그때 하루나랑 1년인가, 아니 그렇게 오래는 아니었나, 아무튼 같이 지냈어요. ……그런데 가출을 왜 했더라. 고등학생이 되었는데도 통금 시간이 있더라고요. 저는 아르바이트도, 일도 아무것도 안 했거든요. 다른 애들은 다 놀더라고요. 십 대니까. 그냥 다 귀찮고 짜증나서.

어머니하고 마찰이 생겨서? 아니면 아버지하고?

아버지요.

그렇구나. 아버지가 아직 무서웠을 때였어?

그때는요. 저는 아버지하고 한바탕하고 나서 마음이 차분해졌어요. 여동생이랑 남동생까지 아버지한테 대들더라고요. …… 그랬더니 다 저 때문이라며 있는 말 없는 말 쏟아붓더니 차라리

나가라고. 아버지는 평소에도 "그래, 그래, 나가, 나가 버려, 나가." 하는 식이었거든요. "나갈 수 있으면 좋은 거 아냐? 어차피 너는 돌아올 거야." 하는 식이요.

부추기셨구나?

아버지도 거칠 것이 없는 성격이거든요. 옛날이야기 들어 보니까 거침이 없었다는 걸 알겠더라고요.

개구쟁이셨나 보구나. 아버지한테 맞기도 했어?

네, 꽤 많이요. 저는 도망치느라 바빴죠. 테이블도 다 뒤집어엎고 손에 잡히는 대로 막 던졌거든요.

하루나가 계속 일했을 때 말이야. 어떤 생각이 들었어? 일반적으로 느끼기에는, 자기 여자 친구가 원조 교제로 손님을 받으면 싫게 마련이거든.

그런 생각 안 들던데요. 하루나를 별로 좋아하지 않았거든요.

그랬구나. ⋯⋯으음, 좋아하는 사람이 그러는 건 역시 싫은가?

어, 글쎄요. 저는 좀 상식이 없어서요. 여러 면에서⋯⋯.

섹스의 가치는 사람에 따라 다른 거니까.

네, 네, 그렇죠.

중요하게 여기는 사람도 있고 그렇지 않은 사람도 있고.

그걸 일이라고 생각하고 받아들이면 상관없을 것 같아요. 그편이. 저는 일로 받아들이거든요. 그래서 여자가 유흥업소에서 일하든 룸살롱에서 일하든 술을 마시든 뭘 하든 그 부분은 일로 구분을 하고, 일로 하는 섹스와 일이 아닌 섹스는 다르다고 생각해요. 그걸 똑같이 취급하면⋯⋯.

본인은 그걸 구분해서 받아들인다는 건가. ⋯⋯가즈키에게는 섹스의 가치가 낮은 건가?

아뇨, 섹스는 최고라고 생각해요. 그건 호스트로서도 마지막 수단이거든요.

손님하고 하기도 해?

저는 가려서 해요. 손님을 가려서 하죠. 지금은 잘 안 그러는데, 전에는 돈을 많이 쓸 것 같은 손님이면 일단 섹스부터 해 줘야겠다 싶었어요.

뭘까. 연애하는 기분이 들도록 한다는 건가? 그래야 손님이 돈을 많이 쓰니까?

작정하고 움직이면 0의 개수가 달라져요.

얼마에서 얼마가 되는 세계야?

뭐, 간단히 말해 10만 엔이 100만 엔 되는 거죠.

와아.

섹스를 하는 것만으로요.

가게에 와 주는 횟수가 다른 건가?

횟수라기보다는 금액이죠.

쓰고 가는 금액이 다르다고?

횟수는 오려고 마음만 먹는다면 얼마든지 올 수 있을 걸요. 퇴근길에 들르고, 또 다음 날 퇴근길에 들르는 건 가능해요. 다만 중요한 건 생일이나 이벤트 때 돈을 펑펑 쓰느냐 아니냐죠. 매월 이벤트가 있는데 그때 한 병에 200만, 300만, 500만 하는 고급 위스키를 과연 딸 수 있느냐 하는 문제예요.

'지금은 가린다'는 말이 무슨 뜻이야?

아, 그건 얼굴이 예쁘지 않아서 안 한다거나 뚱뚱해서 하기 싫고, 돈을 안 쓸 것 같아서 또는 돈을 잘 안 쓰니까 하기 싫고, 귀찮게 구는 여자랑도 안 하죠.

귀찮게 굴다니 어떻게?

정신적으로 아픈 여자 있잖아요. 자기 좋아하냐고 집요하게 묻고, 제가 없으면 안 된다고 난리 치기도 하고요.

가게에서 그런 말을 듣는구나.

아뇨, 전화나 메신저 라인으로요. "나 좋아해?" 이렇게 묻는 거, 진짜 질색이에요.

거기다 뭐라고 대답해?

그야 좋아한다고 말하긴 하는데요, 그게 제일 싫어요. 그리고 뚱뚱한 사람도 싫어요. 돈을 안 쓰니까 저한테 떨어지는 수당이 없거든요. 그리고 성격 파탄자도 싫어요. 마음이 비뚤어진 사람이라고 해야 하나. 호스트라는 게, 돈도 움직이고 감정도 움직이거든요. 모든 게 움직이기 때문에 허점이 드러난다고 해야 하나. 관심 받고 싶어서 자해하는 사람도 싫어요.

어떤 여자가 이상형이야?

저는 무조건 갸루* 쪽이죠.

시원시원하고 재미있는?

마른 여자는 별로예요. 같이 걷기에는 마른 여자가 낫지만요.

까다롭기는. (웃음)

제가 좀 까탈스러워요. (웃음) ……저는 기본적으로 호스트바에 오는 손님은 다 싫거든요. 호스트바에 다니는 여자는 별로예요. 여자로 보지 않는 거죠.

하루나도 그리 좋아한 건 아니었어?

하루나는 호스트로 만난 건 아니에요. 으음. 원래 별로 좋아하

● 과거에는 짙고 어두운 화장을 하는 여성을 주로 지칭했으나 요즘에는 화려한 외모에 개성 있는 패션, 밝고 독특한 성격의 젊은 여성을 가리키는 말로 쓰인다.

지 않았어요. 제 취향이 전혀 아니었거든요. 하루나에게 화장
하는 법, 옷 입는 법도 가르쳐 주고, 헤어스타일도 골라 주면
서 제가 좋아하는 여자 스타일로 꾸몄어요.

시간 들여서, 계속 사귀면서?

그렇죠. 그런데 헤어지게 되었을 때 '아, 내가 얘를 좋아하는
구나.' 하고 깨달았어요. 그제야 비로소 '아, 내가 하루나를
좋아하는구나.' 하고, 실감이라고 해야 할지, '아!' 하고 깨달
은 거죠.

외로웠어?

글쎄요. 어떻게 살아가야 할지 막막하더라고요. 지금까지는
하루나가 벌어 온 돈으로 먹고살았잖아요. 제 수입의 열여덟
배? 아니, 스물다섯 배쯤 되었을걸요?

얼마 벌었는데?

누가요? 저요? 파친코 가게에서 일해서 20만 엔 정도. ……열 배에서 열다섯 배 정도였겠네요.

그렇게 시간이 흐른 뒤에야 좋아한 걸 깨달은 거야?

그 때문에 도쿄로 올라온 거예요.

미련을 버리기 위해서?

네. 결심했거든요. 하루나랑 헤어지면 반드시 도쿄에 가기로. 그 얘긴 하루나한테도 했어요. "너랑 헤어지면 도쿄에 갈 거야, 호스트로 일할 거야."라고.

그래서 정말 왔구나.

하루나는 아마 제가 그냥 하는 소리인 줄 알았을걸요. 제가 처음에 낮에 일을 한 것도 하루나랑 사귀면서 '나는 평생 얘랑 살아가겠구나.' 하고 생각해서였어요. 아, 스무 살 때 얘기예요. '아, 나는 얘랑 결혼하겠구나.' 하고 진지하게 생각했어요. 그래서 그때 남들처럼 낮에 하는 일을 시작했고 집도 얻었어요. 둘이서 함께 살기 시작했죠. 그때는 그랬네요.

그 후에, 조라는 애가 도쿄 신주쿠에서 호스트로 일했는데요. ……화려해 보이고 같이 얘기하면 재미있었어요. 역시 하고 싶다는 생각이 들더라고요. 이왕 할 거면 신주쿠가 좋겠다고 생각했어요.

오키나와 출신도 있어?

꽤 많을 것 같은데요. 우리 업소에도 저보다 세 살 위인 형이 있는데요, 오키나와 출신이에요. 우리 업소 매출 1위인 데다 이사직도 맡고 있어요. 나고야에서는 한 달에 1,600만 엔이나 벌어들이는 선수였대요. 지금은 도쿄로 왔고요.

그렇게 선배와 교류하기도 하는구나? 어떻게 하면 매출을 올릴 수 있는지, 손님을 어떻게 접대해야 하는지, 그런 걸 배우는 모임이 있는 거야?

그럼요, 있죠.

그 모임은 어떤 식으로 해?

음, "지금 이런 상황인데, 어떻게 하면 좋겠습니까?" 하고.
"나라면 이렇게 합니다." 하는 식으로요.

좀 더 자세히 알려 줄 수 있어? 무슨 말인지 전혀 모르겠어.

예를 들어 제 생일이라고 쳐요. 생일날 매출을 천만 엔 올리고
싶어요. 그래서 A한테 500만 엔을 쓰게 해요. B한테는 300
만 엔, C한테는 200만 엔이요. 그런데 A가 자기는 무조건 샴
페인 타워*를 해야 한다고 주장해요. 안 그러면 돈을 안 쓰겠
다고요. 그런데 B도 샴페인 타워를 하고 싶다고 하고 C도 마
찬가지예요. 샴페인 타워는 그날 하나밖에 못 만드는데 어떻게
하면 좋겠냐고 상담하는 거죠.

어떻게 해?

● 샴페인 잔을 탑처럼 쌓은 뒤 꼭대기 잔에 샴페인을 붓는 이벤트

현금이 있는 손님한테 하게 하는 수밖에 없어요. 샴페인 타워는 500만 엔짜리, 최고급 브랜디는 50만 엔짜리예요. 한 병에 500만이냐, 열 병에 500만이냐 하는 차이죠. 생일 이벤트 때는 메인 샴페인 타워가 있고 서브로 고급 브랜디도 깔아요. 그 값을 지불하는 손님이 있는 거고, 그 밑에 5만, 10만 엔짜리 손님이 쭉.

엄청난 액수가 움직이네.

그렇다니까요.

그런 상황이 되었을 때 선배의 조언은? 샴페인 타워는 하나밖에 못 한다며.

한 명으로 정하지 않고 셋이서 하면 싸우거든요. 왜 자기 쪽이 더 예쁘지 않은 거냐, 저쪽이 더 큰 것 같다, 작은 것 같다 등등 그런 문제가 생겨요. ……손님과의 관계에 따라 달라지기도 해요. 손님을 여자 친구처럼 대하는 '연애 호스트'나 '찐여친영업' 같은 것도 있어요. 또 호스트 일과 상관없이 진짜 사귀는 여자 친구를 업소에 불러서 매출을 올리기도 하고, 그 진짜 여친한테 다른 손님보다 돈을 더 많이 쓰게 해서 내 손님 중 에이스로 만들기도 해요. 요컨대 유사 연애 같은 거죠.

호스트라면 대체로 그런 여친이 있어?

기본적으로는 그렇죠. 많을 때는 여덟 명에서 열 명 정도 있어요.

사귀어도 괜찮은 거구나. 헷갈리지 않는구나.

아이돌이니까요. 손님 입장에서는 연예인이랑 사귀는 느낌인 거예요. '나는 그 업소의 넘버원 호스트랑 사귄다.' 하고 멋대로 우월감을 느끼는 거죠.

호스트는 피부 관리실도 다녀?

네. 제모하러 한 달에 한 번이요.

다른 것도 해?

다른 거라, 성형도 해요. 제모하는 김에 겸사겸사. 우리 업소랑 연계된 곳이라 조금 할인되거든요.

업소에서 반, 본인이 반 정도 부담하는 식인가?

아뇨. 매출에 따라 달라져요.

각박하네.

어떤 호스트한테 투자했는데 손님한테 인기가 없으면 의미가 없잖아요. 매출을 올릴 수 있는 호스트한테 투자하는 거죠. 업소에서도 대우 받고 싶으면 열심히 노력해서 인기를 얻으라고 하는걸요. 어떻게 하면 손님한테 인기를 끌 수 있을지 업소에서는 그 비결을 가르쳐 주는데, 그걸 못 따라하는 네가 문제다, 그래서 인기가 없는 거다, 그러더라고요.

오키나와에 돌아갈 거야?

목표 금액이 다 모일 때까지는 오키나와에 가지 않기로 결심했어요. 일단 2천만 엔. 본가를 싹 리모델링할 거예요. 아버지는 몸도 불편하고, 불쌍하잖아요. 어머니가 아버지를 전혀 돌보지 않는다니까요. 그래서 불쌍하다는 생각이 들었어요. 지금은 남동생이 하루 종일 돌보는 상황인가 봐요. 남동생도 여자 친구가 있는데, 열일곱, 아니, 열여덟 살인가. 지금 가장 놀고 싶은 시기인 데다 돈도 필요한데, 아버지를 돌보고 있잖아요. 갖고 싶은 것도 많을 때잖아요. 옷도 사고 싶고 놀고 싶고 술 마시러 나가고 싶고, 하고 싶은 게 얼마나 많겠어요. 남동생한테 아버지 돌보는 일을 시키는 건 좀 아니라는 생각도 들고요.

여동생도 나름 사정이 있어요. 남편이랑 아이도 있고 가정을 꾸려야 하잖아요. 스무 살인데 맨날 돈 없다는 소리에 이거 갖고 싶다, 저거 갖고 싶다 해요. 저는 지금 딱히 여자 친구도 없고 돈에 궁하지도 않아서 웬만하면 사 주고 있어요. 오늘도 사고 어제도 샀어요. 지갑 갖고 싶다고 하길래 지갑 사 줬고, 오키나와에 갔을 때도 10만 엔 정도 줬어요.

여동생에게 줬구나.

네. 나중에는 아버지한테 5만 엔 정도 줬어요.

왜? 으음, 왜라고 묻는 건 이상한가.

제가 돈을 쓰는 건 뭐랄까, 목표 금액이 모일 때까지는 도쿄에 있을 거라서 5만 엔이든 10만 엔이든 쓴다고 해서 크게 달라지지 않을 것 같거든요. 지금밖에 못 줄 것 같기도 하고요.

가족 일을 혼자서 다 짊어지지 않아도 된다고 생각해.

아, 으음, 가족애라고 생각해요. 제가 장남이잖아요. 어머니는 형제가 일곱 명이고 아버지는 여섯 명인데, 친척 애들 중에서는 제가 제일 맏이예요. 그래서 다들 저보다 동생이고 저만 쳐다보고. ……자부심이라고 해야 하나. 지갑 갖고 싶다고 하길래 얼마냐고 물으니까 5만 엔이래요. "싸네, 그까짓 거 사 주지 뭐." 이렇게 되더라고요. 이해되세요? 그게 제 자부심이라고요.

맏이라서 사 준다는 건가?

그냥 생각했을 때 5만 엔은 비싸잖아요. 하지만 저도 딱히 신경 쓰이진 않으니까 그렇게까지 따지지는 않아요. 비싸다고 생각하긴 하는데, 그래도 자부심이라고 해야 하나.

"싸네." 하고 사 주는 게?

호스트잖아, 심지어 넘버원. 나 돈 잘 벌지? 하고 티내는 거죠.

**지겹지 않아? 혼자 도쿄에서 힘들게 싸우고 있잖아. 생활도
혼자 꾸리고 입원할 때도 가족에게 도움 받지 않았고 전부
혼자 하고 있잖아. 그런데도 해 주고 싶은 마음이 들어?**

어머니한테는 해 주고 싶지 않아요. 왜냐하면 전화해서 돈 달
라는 한마디밖에 안 하거든요. 그런데 아버지가 전화할 때는
밥은 잘 챙겨 먹고 있냐, 채소 보내 줄까, 하고 걱정해 주거든
요, 아버지는. 저축 잘해야 한다, 또 파친코 가면 안 된다, 놀
지 마라, 하고. 그럼 저는 뭐, 놀긴 노는데 심하게 놀지는 않는
다고 웃으면서 대답하죠. 그럼 또 아버지는 지금처럼 젊을 때
부지런히 벌어야 한다, 열심히 저축해라, 노는 건 나중에도 할
수 있다, 지금은 저축해라, 하고 강조하고. 그러면서 저더러 건
강 조심하라고, 자기도 지금 몸이 이래서 더 건강이 간절하게

느껴진다고. 또 채소 많이 먹어라, 술 많이 먹고 알코올의존증 되면 안 된다, 하고 아버지는 늘 제 걱정을 많이 해 줘요.

오키나와에 갔을 때 아버지 몸무게가 40킬로까지 빠졌더라고요. 그 모습을 보고 헉! 했다니까요. 그런데도 담배를 피워요. 일을 못 구하니까 담배 살 돈도 없어서 번번이 남동생한테 한 개비, 두 개비 받아서 피우는 건가 싶어서 "얼마 안 되지만 5만 엔 줄게." 하고 드렸죠. 세뱃돈도 제가 줬어요. 아버지가 장남이라 설날에 친척들이 애들 데리고 오거든요. 돈도 없고 쩔쩔맬 것 같아서 제가 줬어요. 나는 나대로 내가 주는 세뱃돈이라고 할 테니, 아버지는 아버지가 주는 거라고 말하면서 주라고 시켰어요. 그런데 그때 오키나와에서 어머니를 만났을 때도 어머니는 아무렇지도 않게 "야, 10만 엔.", "돈 좀 줘 봐." 같은 말만 하더라고요.

정말 서운했겠다.

어머니는 유달리 돈에 대한 집착이 강해요. 어머니뿐만 아니라 외가 쪽 어른들은 다 그래요. 돈, 돈, 끝도 없이 돈타령이죠. ……아마 빚도 어마어마하게 있을걸요. 어머니도. ……저도 월급이 100만 엔을 넘지 않는 달에는 안 부치기로 했어요. 월급이 100만 엔 되는 달에만 부치지 그 이상은 안 부쳐요. 한 번 부쳐 줬더니 얼마나 끈질기게 구는지. 저를 못 잡아먹어서 안달난 귀신처럼 전화를 해 댄다니까요. ……

아버지가 담배를 얻어 피우신다는 이야기, 아까 했잖아. 아버지가 불쌍하게 여겨지는 이유가 뭐야?

예전에는 담배를 제 힘으로 사지 못하면 피우지 말자고 생각했어요. 아버지도 담배를 남한테 얻을 바에는 피우지 마라, 제 힘으로 번 돈, 제 돈으로 담배에 불을 붙이라고 했고요. 제가 중학교 다닐 때부터 아버지가 담배는 얻어 피우면 안 된다고 했거든요. 그런데 오키나와에 갔더니 동생한테 얻어서 피우고 있는 거예요. 지금 아버지는 일을 못 하는 상황이잖아요. 하고 싶어도 못 하죠.

쓰러지셔서 일을 그만두셨구나.

네. 구급차에 실려 가서 입원했어요. 의식불명이었죠. 그때는 저도 본가에 안 간 지 꽤 됐거든요. ……(퇴원한 뒤) 아버지는 할머니네 집에서 지냈어요. 할아버지는 없고 할머니랑 증조할머니랑 고모가 함께 사는 집이었는데, 할머니가 돌아가신 뒤 증조할머니는 우울증 같은 병에 걸려서 정신이 이상해졌어요. 주저리주저리 혼잣말을 하더라고요.

……아버지는 아버지대로 그 병에 걸려서 고생하는데, 얼마 안 가서 고모까지 머리가 이상해졌어요. 아버지랑 고모랑 다 정신이 온전하지 않아요. 아버지는 자기가 한 말도 잊어버리고, 인생이 180도, 아니, 360도 바뀌었다고 할 수 있죠. 아버지는 성질이 팍 나면 물건부터 던져요. 성질이 났다 하면 버럭 소리도 지르고, 자기 기분에 따라 거침없이 행동하는 사람이에요. 그런데 할 때는 또 해요……. 제대로 하긴 하는데요. 그런데 지금은 그럴 형편이 못 되잖아요. 아마 몸무게가 50킬로 정도밖에 안 나갈걸요.

체격이 큰 분이셨는데.

○ △ □

……담배, 펴도 돼요?

되고말고.

내 몸은 소중하니까 최대한 자제하고 있어요. (웃음)

이런 담배가 다 있구나. (웃음) 귀엽네.

아이코스예요. 오키나와에는 안 들어왔더라고요. 도쿄는 다들
이걸 피워요.

흐음. ……입원 중일 때는 안 피웠어?

아뇨, 피웠죠. 아이코스.

하하하하하. (웃음) 안 되겠네. (웃음)

아무래도 담배는 못 끊겠더라고요. (웃음) 중학교 때부터. 담배만은 진짜 못 끊겠어요. (웃음)

혼자 있으면 외롭지 않아?

혼자 아니에요. 조도 있고.

그렇긴 해도. 외롭지 않아?

어, 그런데 거의 다 친하게 지내요. 종업원이랑도 친구의 친구 이상으로 친해졌고, 다들 어쩌다 보니 동갑이거든요. 잘생긴 애가 아니면 저는 친하게 안 지내요. …….

전골은 숙소 같이 쓰는 친구들이랑 끓여 먹은 거야?

(휴대전화 사진을 보여 주면서) 얘랑 끓여 먹었어요.

와, 인형이야? 여자 같네.

이 아이랍니다. 이 녀석.

세상에.

얘랑 가장 친해요.

두 사람 다 인형이네. ……오늘 (스튜디오) 8시?

7시 25분, 좀 일찍 가려고요.

보러 가면 안 되겠지?

아마 못 들어갈 거예요. 엄격하고 진지한 분위기의 스튜디오라서.

그 주변이라도 돌아보고 싶은데, 잠깐 안내해 줄 수 있어?

그럼요.

○ △ □

소형 녹음기를 끄고 계산을 한 뒤 코트를 걸치고 스튜디오 앞까지 함께 걸었다.

가즈키가 숙박은 어디서 하느냐고 묻기에 도쿄에서 단골로 정해 놓고 묵는 호텔 이름을 댔다. 가즈키는 "A호텔로 했으면 좋았을걸! 한 번 묵어 본 적이 있는데요, 침대가 크고 최상층에는 목욕탕도 있어요." 하고 밝게 말했다.

차별 행위에 가담했던 그 호텔에 묵을 일은 없을 거라고 속으로 씁쓸해하며 아버지의 폭력에서 도망친 어린 시절의 가즈키는 어디에서 잠을 잤을지 생각했다. 아버지의 폭력을 피해 혼자 밖에서 잠든 날도 있었으리라.

입김이 하얗다. 담배 연기 같다. 2월의 추위 속에서도 가즈키는 코트를 입지 않았다. 가즈키가 생활하는 구역은 아마 매우 좁고 작을 것이다.

도착한 스튜디오 입구는 생각보다 작았다. 가즈키는 스튜디오가 지하에 있다고 했다. 오늘 고마웠다고 인사를 하고 스튜디오 사람들과 함께 먹으라며 선물용 과자를 건네자, 가즈키는 "다 같이 먹을게요." 하고 손을 팔랑팔랑 흔들며 지하로 내려갔다.

시인이자 연출가 데라야마 슈지의 단가(短歌) '성냥을 긋는 순간 바다에 짙은 안개'라는 구절이 어렴풋이 떠올랐다. 이어지는 구절은 '목숨을 바칠 정도의 조국은 있는가'다. 고등학교 때 근대문학을 가르치던 선생님이 이 구절은 잘못 이해하기 쉽다고 우리에게 주의를 주었다.

"'있는가'는 의문이 아니라 반어입니다. 따라서 이건 내 목숨을 바칠 정도의 조국은 있는가, 가 아니라, 내 목숨을 바칠 정도의 조국은 없다, 라는 의미입니다."

안개가 얼마나 자욱하게 꼈으면 성냥불로 겨우 바다를 알아보았을까. 자욱한 안개에 몸을 맡기고 정처 없이 흔들린다. 붙잡아주는 조국은 없다.

가즈키는 이용할 수 있는 모든 것을 이용해서 혼자 살아가는 남자아이였다. 어렸을 때는 아버지에게 폭력을 당하고 지금은 아버지에게 돈을 부치고 있다.

하루나와 헤어진 뒤 가즈키는 홀로 도쿄에 왔다. 2월의 추위 속에서도 가즈키는 코트를 걸치지 않는다. 가즈키는 곱상한 얼굴을 한 여자아이 같은 남자아이였다.

파도 소리와 바닷소리

첫 인터뷰는 그녀의 집에서 했다.

이제 막 열일곱 살이 된 아기 엄마는 아기 때문에 밖에 나갈 수가 없다고 했다. 봄이 시작될 무렵 나는 그녀와 그녀의 어머니와 형제가 함께 사는 집으로 찾아갔다.

아기가 낯을 심하게 가려서 아기 엄마 외에는 아무에게도 안기지 않는다는 이야기를 사전에 들었다. 그렇다면 인터뷰하는 동안 아기를 조산사에게 맡기자고 제안하자 전화기 너머로 그녀가 잠시 말을 멈추었다.

인터뷰 당일 베이비시터로 동행한 조산사가 아기를 노련한 솜씨로 안아 올리자 아기는 포근하고 편안한 표정을 지었다. 그 모습을 본 어린 아기 엄마도 그날 처음으로 웃음을 지었다.

그녀는 코코넛 향기가 나는 하와이 커피를 내왔다. 설탕과 밀크도 듬뿍 곁들였다. 방 세 개짜리 집은 깔끔하게 정리되어 있고 베란다에는 방금 세탁된 옷이 빽빽하게 널려 있었다.

깔끔하게 정리된 이 집에서 가족들이 일상을 사는 흔적이 분명히 느껴지는데, 왠지 그녀의 존재만 붕 뜬 것처럼 느껴져 이상했다. 그 이유를 알아보기 위해 흔적을 하나하나 확인했다.

방에는 윤이 나도록 닦인 액자가 걸려 있는데 다른 형제의 기념사진이 담겨 있다. 아, 그렇구나. 이 집에는 그녀와 그녀가 낳은 아기의 사진이 한 장도 없다.

방금 생각났다는 듯이 액자 속 사진에 대해 물어봤다.

여동생이야?

응.

이쪽은 언니?

응.

이 백일 기념사진은 언니 딸?

응.

아기 이름을 적은 명패는?

액자를 안 만들어서 아직 못 걸었어.

백일 기념사진은 찍었어?

아니.

뺨을 붉힌 그녀의 말을 애써 흘려들으며 조용히 인터뷰를 시작했다.

질문 항목은 전부 머릿속에 들어 있다. 하지만 오늘 인터뷰를 통해 도달해야 하는 것은 그녀의 사진이 집에 한 장도 걸리지 않게 된 것이 언제부터인지, 그리고 왜 그렇게 되었는지를 알아내는 것이리라 각오를 다졌다.

그렇게 인터뷰한 내용의 대부분은 당분간은 쓸 수 없는 이야기
다. 말로 표현되지 못한 기억, 움직이지 않는 시간, 말 이전의 신음
과 침묵 속에서 태어난 말은 받아들이는 쪽에도 시간이 필요하다.

둘이서 함께 망설임과 침묵의 시간을 더듬었고 그러고 나서 이
야기는 뚝 끝났다. 그리고 마지막은 조용했다.

〇 △ □

또 다른 아이 엄마를 인터뷰했다. 아이 엄마는 아이가 치료를
받고 있는 집에서 인터뷰를 하고 싶다고 했다. 그 요청에 따라 심
전도를 찍는 기계와 인공호흡기를 달고 자는, 긴 머리의 작은 여
자아이 곁에서 그 아이 엄마의 이야기를 들었다.

옆얼굴이 아름다운 아이 엄마는 띄엄띄엄 말하기 시작했다.

초등학생 때 학교 끝나고 집에 가는 길에 근처 공원에 들렀던
일, 남들이 의외로 여길 만큼 어렸을 때 개구쟁이였던 일, 남편과
처음 만난 날, 첫 아이로 딸을 낳은 일, 임신한 둘째 아이가 아들
임을 알게 된 날, 둘째를 출산하고 집에 갔더니 딸이 심하게 울어
서 딸과 함께 엉엉 울었던 일.

갓난아기를 남편에게 맡기고 딸을 계속 안고 있었다고 한다.

"그랬더니 전처럼 엄마라고 불렀어요." 하고 그녀는 색 바랜 바비 인형 같은 얼굴로 작게 후후후 웃었다.

잠들어 있는 저 아이는 예전에는 "엄마." 하고 부르기도 하고 울기도 하던 아이였다.

"병? 아니면 사고?" 하고 조금 직접적으로 물어봤다. "익수 사고. 집 욕조에 빠졌어." 하고 그녀는 그날의 일을 이야기하기 시작했다.

"누가 발견했어?"

"나."

대답한 뒤 울음을 터뜨린 그녀에게 해 줄 말은 아마 이 세상 어디에도 없을 것이다.

"나한테 물어볼 거 없어?"

"많았는데 막상 만나니까 아무것도 생각이 안 나."

울음을 그칠 때까지 기다렸다가 묻자 그녀는 그렇게 말하고 말을 잇지 못했다.

그녀가 누군가에게 묻고 싶은 것은 잠든 저 아이가 다시 눈을 뜨고 엄마라고 부르는 날이 올까 하는 것이리라. 아무런 말도 해 줄 수가 없어서 잠든 아이의 긴 머리를 쓰다듬으며 간절히 기도 하듯 "또 보자." 하고 인사한 뒤 집을 나왔다.

○ △ □

엄마와 여기저기 옮겨 다니며 자랐다고 하는 열일곱 살 엄마의 인터뷰도 조용했다.

엄마가 사귀던 남자가 ○○에 있어서 ○○에 갔다. 엄마가 폭력을 당해 가정폭력 피해자 보호시설에 들어갔다. 중학생 때 사귄 남자 친구가 동거를 원해서 숙소가 있는 핑크살롱•에서 일했다. 임신을 했는데도 남자 친구 때문에 일을 그만두지 못하고 어느 날 출근 전에 들른 로손 편의점에서 빈혈로 쓰러져 구급차에 실려 갔다. 구급차 안에서 임신했느냐는 질문을 받고 그렇다고 대답하자 구급 대원이 엄마에게 연락했다. 병원에 온 엄마는 그런 놈의 아이를 낳게 할 수는 없다며 병원에서 퇴원하고 가는 길에 눈에 띄는 병원마다 들어가 중절 수술을 해 줄 곳을 찾아다녔고, 결국 그날 안에 수술을 받았다. 얼마 후 새로 남자 친구를 사귀어 바로 임신해서 아이가 태어나 결혼했지만, 남편은 일이 끝

• 성적인 서비스를 제공하는 업소

나면 친구와 놀러 다니기 바쁘다. 시어머니와 친정 엄마는 사이가 나쁘다. 두 사람의 사이가 나쁜 것은 자신 때문이라고 생각하고 있다. 쉬는 날에는 가족끼리 드라이브나 쇼핑을 하러 가고 싶지만 남편이 데려가 주지 않아서 아이와 함께 둘이 집에만 틀어박혀 있다. 임신 중에는 칼로 자해를 했지만 좋은 방법을 찾아내서 지금은 하지 않는다.

자주 침묵하는 그녀에게 좋은 방법이 뭐냐고 물어봤더니 "게임."이라고 대답했다. 그러고는 팔에 새겨진 흉터를 가리고 "이어폰으로 음악을 들으면서 잠드는 게 좋아." 하고 입을 딱 다물었다.

인터뷰를 하고 얼마 지나지 않아 그녀는 아이를 데리고 어디론가 사라졌다.

○ △ □

미성년자 때부터 유흥업소에서 일해 온 어린 여성들의 인터뷰를 했을 때는 마치고 돌아가는 길에 가끔 울었다. 3년 전부터 시작한 십 대에 엄마가 된 어린 여성들의 인터뷰를 마치고 돌아가는 길에는 가끔 구토를 한다. 그녀들이 고작 십 대인 어린 엄마라는 사실에, 그녀들에게 고뇌가 불균등하게 분배되어 있다는 사실에, 나는 계속 분노하고 있다.

인터뷰를 마치고 나면 바다가 보고 싶어진다. 혼자 일했을 때는 가끔 바다에 들렀다. 지금은 오직 딸이 잠자면서 내는 숨소리를 듣기 위해 그 옆에 눕는다.

오늘 인터뷰로 알게 된 고뇌도 언젠가는 내 몸과 함께 통째로 사라진다고 생각한다. 그때까지는 무슨 일이 있어도 일상은 계속된다. 일상이 계속된다면 오늘 들은 그 고뇌가 다른 의미로 다가오는 날도 있을 것이다.

파도 소리와 바닷소리. 딸의 숨소리는 파도가 일렁이는 바다를 떠올리게 한다. 조금 더 기다리면 동쪽 하늘이 환해지면서 아침이 올 것이다.

상냥한 사람

오키나와는 겨울이 되면 무치 비사라는 추운 시기가 찾아온다. 무치는 오키나와 방언으로 떡이라는 뜻이고 비사는 추위를 뜻한다. 음력으로 12월 8일이라 그날은 해마다 바뀐다. 그런데도 무치 비사가 되면 반드시 알 수 있다. 바람이 사정없이 불어와 무척 춥기 때문이다.

　무치 비사에는 무치(도깨비떡)를 만들어 먹는다. 무치는 찹쌀가루와 흑설탕을 섞어 반죽한 뒤 반죽을 월도(月桃) 잎에 싸서 찜기로 쪄서 만든다. 월도 잎에 싼 떡을 찌고 있으면 민트와 생강을 섞은 듯한 잎 향기가 온 집 안에 감돌아 마치 주변이 맑게 정화되는 듯한 느낌이다. 가장 추운 날에 무치를 먹는 것은 밖에 있는 사람을 잡아먹는 도깨비와 안에 도사리고 있는 나쁜 기운을 해치운다는 의미가 있다.

2019년의 무치 비사는 1월 13일 일요일이었다. 다음 날인 14일은 공휴일이었는데, 그날 출근을 하게 된 친구의 아이를 데려와 우리 집에서 딸과 함께 연휴를 보냈다. 두 아이에게 무치를 만들자고 제안하자, 친구의 아이가 "전에 할머니랑 만들어 봤어!" 하고 방방 뛰었다. 그것만으로 딸은 "나랑 똑같네!" 하며 크게 기뻐했다. 아이들이 친구가 되는 순간을 보는 것은 언제나 흐뭇하다.

바가지 머리를 한 두 여자아이를 부엌에 있는 테이블 앞에 앉혔다. 지금부터 찹쌀가루와 흑설탕을 섞어 반죽한 뒤 그걸 동그랗게 경단으로 빚어 한 입 크기의 어린이용 무치를 만들 거라고 설명했다. 전통적인 무치는 큼직한 월도 잎사귀를 통째로 써서 떡을 싸지만, 그러면 크고 길쭉하게 만들어져서 아이들은 먹기가 어렵다. 작은 잎 위에 떡이 올라가 있는 모양이라면 아이들도 먹기가 쉽다. 시행착오를 거듭한 끝에 우리 집의 무치는 이런 모양으로 자리 잡았다.

두 개의 볼에 찹쌀가루와 흑설탕과 물을 넣은 뒤 두 아이에게 골고루 섞으라고 일러두고, 나는 월도 잎을 따러 마당에 나갔다. 따 온 월도 잎을 찬물에 깨끗이 씻어서 수건으로 물기를 제거한 뒤 가위로 5센티미터 크기의 정사각형으로 잘랐다.

가위질을 하면서 두 아이에게 무치 비사가 되면 어김없이 매서운 추위가 닥치고, 아이가 태어난 집은 무치를 만들어 이웃에게 인사하러 가고, 무치를 먹고 도깨비를 해치웠다는 설화가 있을 만큼 무치를 먹으면 튼튼해진다고 이야기했다. 하지만 아이들은 손에 묻은 찹쌀가루를 핥아 먹느라 바빠서 내 이야기는 안중에도 없는 것 같았다. 두 아이에게 생 찹쌀가루를 먹으면 배가 아프다고 주의를 주었지만, 아이들은 머리 위로 손을 펴고 "싹둑싹둑, 싹둑싹둑." 하고 노래하며 가위질하는 시늉을 했다. 그 모습에 내가 웃음을 터뜨리는 사이 아이들은 생 찹쌀가루를 죄다 먹어치웠다. 결국 조금 남은 찹쌀가루로 무치를 만든 뒤 잔소리를 하며 아이들과 함께 먹었다.

○ △ □

아이들과 함께한 휴일 다음 날, 모토야마 진시로 씨의 페이스북에 단식투쟁을 시작하겠다는 글이 올라왔다.

"오키나와 현민 투표에 다섯 개 시의 시장이 참여하겠다고 할 때까지 단식투쟁을 하겠습니다."

　모토야마 씨 일행은 2018년 봄부터 헤노코 매립공사의 찬반을 묻는 현민 투표 준비를 위해 힘써 왔다.* 후텐마 비행장과 헤노코 신기지의 활주로 길이가 다른 것, 후텐마 비행장의 비행기는 헤노코 신기지에서 이착륙이 불가능하기 때문에 헤노코는 후텐마의 대체 기지가 될 수 없는 것, 신기지 건설 예정인 헤노코 해역에는 '마요네즈 지반'이라 불리는 연약한 지반이 있으며 그것을 충분히 보강할 예정이 없고 침하를 막는 방법이 아직 개발되지 않았음이 밝혀졌는데도 신기지 건설은 중단되지 않고 있다.

　모토야마 씨 일행은 거리에서 서명 운동을 벌여 10만 명에 가까운 주민들의 서명을 받았다. 그리하여 오키나와현에서 조례를 제정해 신기지 찬반을 묻는 현민 투표를 실시하기로 결정했다. 그런데 현민 투표가 실시되기 직전에 기노완시, 우루마시, 오키나와시, 미야코지마시, 이시가키시의 시장이 해당 다섯 개 지역의 주민에게는 투표를 시키지 않겠다고 멋대로 정한 것이다. 나는 기노완에 살고 있는 주민으로서 기노완 시청에 내 목소리를

* 1995년 미군의 성범죄로 인하여 후텐마 기지 반대 운동이 일어났으며 이후 후텐마 기지를 오키나와 헤노코 섬을 매립하여 만든 땅으로 이전한다는 방안이 발표되었다. 그러나 헤노코 매립을 반대하는 주민과 일본 정부의 갈등이 계속되고 있다.

빼앗지 말아 달라고 편지를 보냈지만 시청에서는 아무런 답신도 오지 않았다.

모토야마 씨의 단식투쟁 글을 읽고 가만히 있을 수 없게 된 나는 집 가까이 있는 기노완시 청사로 갔다. 모토야마 씨는 '단식투쟁을 하고 있습니다.'라는 간판 옆에서 작은 접이식 의자에 오도카니 앉아 있었다.

"어이, 나 왔어."

"아아, 와 주셨군요."

내 인사에 모토야마 씨가 여느 때처럼 웃는 얼굴로 반겨 주었다.

"세상에, 단식투쟁을 하다니."

"저도 놀랐습니다."

모토야마 씨는 부드럽게 대답했다. 아아, 모토야마 씨는 하나도 변하지 않았구나, 하고 오히려 내가 더 놀랐다.

모토야마 씨를 처음 만난 것은 2017년 여름 무렵이다. 오키나와의 유흥업계에서 일하는 젊은 여성을 조사한 책을 출간한 이후의 여름방학으로, 모르는 사람들로부터 나를 만나고 싶다는 연락을 많이 받았던 시기다.

'〇월 〇일에 조사 겸 여행으로 오키나와에 가므로 시간을 내주

십시오.'라고 급하게 연락해 오는 바람에 겨우 시간을 내 만났더니 자신이 진행 중인 조사에 협조해 달라던 사람도 있었고, 나를 만나자마자 자신의 고민을 털어놓거나 자기 가정환경에 대한 이야기만 하고 돌아가는 사람도 있었다.

그때 고향인 오키나와에 와 있던 모토야마 씨 또한 도쿄로 돌아가기 전날 급히 내게 연락한 사람이었다. 모토야마 씨가 실즈* 활동을 했을 당시의 연설을 인상 깊게 봤기에 그의 부탁이라면 매정하게 거절할 수 없다는 생각에 오늘 오후 30분 정도 시간을 낼 수 있다고 답장을 보냈다. 그랬더니 모토야마 씨가 바로 연구실로 찾아왔다.

모토야마 씨는 내가 쓴 책을 읽었다며 이런 사회조사를 하는 의의는 알겠지만, 이를 더 널리 알리기 위해 앞으로 어떤 일을 할 예정인지 내게 물었다.

"네? 조사 그 자체를 계속하거나 강연과 집필을 하는 방법도 있죠."

● SEALDs, Students Emergency Action for Liberal Democracy-s의 약자로, 자유롭고 민주적인 일본을 지키기 위해 긴급히 구성된 학생 행동 단체

내가 당황하며 대답하자, 모토야마 씨가 단호하게 말했다.

"강연이나 조사, 집필을 하는 의의는 압니다. 그런데 더 널리 알리고 사회에 직접 호소하는 활동도 필요하다고 생각합니다."

그 여름에 내 연구실을 찾아온 사람들이 하나둘 머릿속에 떠오르면서 나는 울컥 화가 치밀었다. 모토야마 씨가 오키나와의 상황을 걱정하고 있다는 것은 잘 안다. 하지만 내게는 여기서 더 뭔가를 할 수 있는 시간이 도저히 없었다.

나는 화가 나서 쏘아붙였다.

"연구 지원을 받아서 어려운 조사를 해낸 걸로 충분하지 않아요? 조사 활동을 하면서 직접 지원을 하거나 개입하는 일도 많고, 거기다 연간 20회에 가까운 강연까지 소화하고 있어요. 오늘도 조사 활동에 동행했다고요. 이런 상황에서 내가 뭘 더 해야 한다는 거죠? 나한테는 그럴 여유 없습니다."

그리고 나서 "약속한 시간은 아직 남았지만 이쯤이면 된 것 같네요." 하고 차가운 목소리로 대화를 끝냈다.

내가 항의하는 것을 조용히 듣고 있던 모토야마 씨는 자리에서 일어났다.

"정말 죄송합니다. 오늘도 바쁘신 와중에 시간을 내 주셨군요. 정말 죄송합니다."

그렇게 말하며 연신 머리를 숙이고는 큰 몸을 작게 움츠리고 돌아갔다.

다다음 날 도쿄로 돌아갔다는 모토야마 씨로부터 사과의 메일이 도착했다.

정말 죄송하다는 말씀밖에 드릴 말씀이 없습니다. ······간밤에 선생님의 저서를 다시 읽어 봤습니다. 정말 가슴이 미어지는 이야기로 가득하더군요. 그분들을 조사하고 돌보고 계신데도 불구하고 무례하게 찾아뵌 점 진심으로 반성합니다.

큰 몸을 작게 움츠리고 사과한 모토야마 씨의 모습을 떠올리고 이번에는 내가 작아졌다. 얼마 전 내가 내뱉은 말은 모토야마 씨에게 해서는 안 될 말이었다. 그 여름에 내 연구실을 찾아와 내 시간을 빼앗았던 몰지각한 사람들에 대한 울분을, 나는 그 여름에 만난, 내 말에 귀를 기울이려 한 가장 상냥한 사람에게 터뜨리고 말았다.

그 후 뉴스를 통해 모토야마 씨 일행이 '헤노코 현민 투표 모임'

을 발족했다는 사실을 알게 되었다.

그날 모토야마 씨는 어쩌면 이 계획에 관해 이야기하려고 했을지도 모른다. 모토야마 씨의 의견을 먼저 듣고 나서 서로의 생각에서 공통된 점을 찾아야만 했다. 그날 나는 어른스럽지 못한 방식으로 나보다 나이 어린 사람을 함부로 대했다. 그날 내 행동이 어른스럽지 못해 부끄러울 따름이다.

○ △ □

모토야마 씨가 단식투쟁을 하고 있는 곳으로 달려갔을 때 내 안에 있던 것은 시장들이 멋대로 내린 결정 때문에 이십 대의 젊은 대표가 건강을 해치면서까지 시위를 하게 만든 것에 대한 미안함과, 2년 전에 대화를 중단한 스스로에 대한 껄끄럽고 씁쓸함이었다. 왜 젊은 사람이 이렇게까지 하게 만드는 걸까. 그나저나 단식투쟁을 하겠다면서 왜 이곳에는 아무것도 준비되지 않았을까.

"아무것도 없네. 이런 데서 바람을 피할 수 있겠어? 밤에는 어떻게 할 거야? 밤 되면 밖은 엄청나게 추워."

나는 연거푸 질문을 던졌다.

"그러게요, 밤에는 어떻게 해야 하나."

모토야마 씨는 난처한 표정을 지을 뿐이었다.

"땅바닥이 얼마나 찬데. 한기가 오싹오싹 스며든다니까. 여기서 따뜻한 물 마실 수 있어?"

"네, 포트를 가져왔어요."

모토야마 씨가 보여 준 것은 전기 포트였다. 그러나 실외인 이곳에는 당연히 전기 콘센트가 없다.

한숨이 절로 나고 기운이 쭉 빠졌다. 그때 모토야마 씨의 친구인 아사히 씨가 카메라를 들고 나타났다.

"모토야마 씨와 함께 단식투쟁하려고?"

"아뇨, 저는 든든히 먹고 응원할 겁니다."

아사히 씨의 거침없는 대답에 왠지 웃음이 났다. 부득이하게 단식투쟁이 시작된 탓에 이제부터 준비를 하려는 모양이다.

"그렇구나. 일단 기부할 테니 필요한 거 사는 데 써."

내가 돈을 건네자, 두 사람은 "오오오!" 하고 소리치더니 "매번 죄송합니다." 하고 머리를 숙였다. 나야말로 미안하다는 생각을 하며 "또 올게." 하고 인사한 뒤 집으로 돌아갔다.

집에 와서도 여전히 개운치 않은 기분으로 일을 했다. 이렇게 된 마당에 최소한 저녁밥이라도 굶을까 생각했다. 아니, 역시 밥을 굶기는 싫어서 저녁이 되자 열심히 밥을 준비했다.

저녁 식탁에 앉아 딸에게 모토야마 씨가 오늘부터 단식투쟁을 시작해 밖에서 잔다고 이야기했다. 딸은 왠지 설레는 얼굴로 이야기를 듣더니 손뼉을 짝 치고 말했다.

"그럼 내가 만든 무치를 가져다주면 좋지 않을까?"

딸이 무슨 생각을 하는지 대략 짐작이 가면서도 왜냐고 물어봤다.

"무치를 먹으면 밤에 도깨비가 와도, 귀 베는 스님*이 와도 해치울 수 있잖아. 그러니까 무치를 가져다주면 되지."

벌써 무치 먹을 생각에 들뜬 딸에게 하나하나 설명했다.

무치를 먹고 도깨비를 물리쳤다는 이야기가 있는 것은 맞다.

도깨비가 아이를 잡아먹는다는 이야기는 들은 적이 있지만, 모토야마 씨는 어른이므로 도깨비가 잡아먹지는 않을 것이다.

귀 베는 스님이라는 요괴가 슈리성 근처의 다마우둔에 산다는 이야기는 들은 적이 있지만, 귀 베는 스님은 버스를 타지 못하기 때문에 기노완 시청에는 오지 못할 것이다.

참고로 단식투쟁은 음식을 먹지 않는 형태의 시위이기 때문에

● 우는 아이의 귀를 베어 간다는 스님으로, 오키나와에 전해지는 괴담 속 요괴다.

후카가 무치를 가져가도 모토야마 씨는 먹을 수 없다.

딸은 내 설명을 듣고 화가 나서 뾰로통해졌다.

"밥을 안 먹으면 못 크잖아! 모토야마 씨, 안 되겠는데!"

모토야마 씨는 이미 충분히 컸다고 말해 줄까 하다가 귀찮아서 그만두었다.

잠자리에 들고 나서도 딸은 "모토야마 씨는 아직도 밖에 있어? 모토야마 씨는 이 닦았어?" 하고 재잘거렸다. 그리고 "얼마나 배고플까. 불쌍해. 어른도 밖은 무서울 테니 오늘은 도깨비가 쉬는 날이면 좋겠어." 하고 말하며 잠들었다.

새벽 2시쯤 딸 곁에서 눈이 뜨였다. 빗방울이 떨어지고 바람이 불어와 오늘 밤은 무치 비사 날처럼 춥다. 그 후 누군가가 텐트와 침낭을 가져다주었을까? 모토야마 씨와 아사히 씨가 비를 맞으며 떨고 있지는 않을까?

잠이 오지 않아서 부엌으로 갔다. 주전자로 물을 천천히 끓여 물병에 담고 쇼핑백에 손난로와 담요를 챙겨 넣은 뒤 비에 젖지 않도록 비닐봉지로 한 번 더 감쌌다. 빗발이 가늘어지기를 기다렸다가 어둠을 뚫고 기노완시 청사로 향했다.

동트기 전의 청사는 쥐 죽은 듯 조용했다. 낮에 모토야마 씨가 앉아 있던 곳에는 작은 텐트가 두 개 설치되어 있다. 아무래도 누군가가 텐트를 가져다주어 모토야마 씨와 아사히 씨가 그 안에서 잘 수 있게 된 듯하다. 담요를 넣어 주고 싶었지만 깨우기가 미안해서 그냥 집으로 갔다. 날이 밝으면 다시 발걸음 하기로 했다.

○ △ □

단식투쟁 둘째 날은 아침부터 비가 내렸다. 담요를 가지고 갔더니 발전기가 설치되어 있었다. 어제의 전기 포트도 그제야 쓸모 있게 된 모양이다.

모토야마 씨의 친구가 서명 용지를 정리하며 모토야마 씨의 트위터에 다른 사람들이 음식 사진을 무수히 보냈다는 것을 알려 주었다. 그 이야기를 듣고 가슴이 아팠다.

"고기에 맥주, 갓 지은 밥까지. 아, 그리고 비프스튜도 있었어요."

지금 상황에서 따뜻한 음식 사진을 보는 것은 어떤 기분일까. 얼마나 절망해야 악의가 난무하는 가운데에서도 얼굴을 드러내고 계속 앉아 있을 수 있는 걸까.

담요를 건넨 뒤 한숨을 쉬면서 그곳을 벗어났다. 따뜻한 집에서 따뜻한 음식을 먹고 안락하게 자는 우리의 시장이, 우리에게서 투표할 권리를 빼앗았다. 이에 항의하느라 모토야마 씨는 음식 먹기를 거부하고 있다. 목에 차가운 천이 감기고 서서히 조여오는 느낌이다. 언제까지 이런 일이 계속될까.

셋째 날도 비가 내렸다. 점심 지나서 기노완시 청사에 갔더니 사람이 많이 있었다. 어제부터 체력을 보존하기 위해 취재 시간을 일원화했고, 모토야마 씨는 텐트 안에 있다는 것을 들었다. 육십 대로 보이는 여성이 "에그, 미안해요." 하고 머리를 숙이고 서명을 하고 갔다. 모두 이곳에 혼자 와서 진작 뭔가 할 수 있지 않았을까 하고 안타까워하며 이곳을 떠났다.

단식투쟁 넷째 날이 되자 내 지인과 친구도 시 청사에 갔다 왔다는 이야기를 해 주었다.

"최소한 철분이라도 섭취하게 하고 싶어서 쇠 주전자로 끓인 물을 가져갔는데, 안 받아 주더라."

그렇게 말한 친구는 오히려 본인 얼굴이 더 수척해진 상태였다.

분쟁이 있는 곳에 가기를 꺼려하는 내 요가 선생님도 뜻밖의 말을 꺼냈다.

"수업 끝나고 모토야마 씨한테 다녀올 거예요. 마사지를 해 줄까도 생각했지만, 오직 정신력으로 버티고 있는 만큼 괜히 방해하면 안 되겠죠. 하지만 우리도 이제는 가만히 있으면 안 된다고 생각해요."

저녁에 우리 집에 들른 엄마도 시청에 다녀왔다고 한다.

"시청에 전화도 하고 아까 직접 가서 서명하고 왔다. 거기 가서 서명하는 데 의미가 있으니까. 그나저나 조금이라도 먹으면 좋으련만. 딱하잖니, 그렇게 체격 좋은 사람이 비슬비슬하면."

딸은 그런 할머니의 말을 가만히 듣고 있었다.

단식투쟁 다섯째 날은 휴일로, 딸은 아침부터 무치를 만들겠다며 의욕이 대단했다. 둘이서 찹쌀가루를 반죽하고 있는데 딸이 또 같은 말을 반복했다.

"이거 모토야마 씨한테 가져다주자. 무치를 먹으면 도깨비가 와도 펀치를 날릴 수 있잖아."

나는 다시 한번 설명했다.

"모토야마 씨는 지금은 무치를 먹을 수가 없어. 단식투쟁은 음식을 먹지 않고 하는 시위이기 때문이야. 지금 모토야마 씨가 받을 수 있는 건 돈뿐이야."

딸은 잠시 생각에 잠기더니 이렇게 말했다.

"엄마, 나 돈 많이 받았잖아. 세뱃돈 봉투에 들어 있지? 내 돈을 모토야마 씨한테 줄래."

매년 딸이 세뱃돈을 받으면 세뱃돈 봉투에 한 명 한 명의 이름과 금액을 적어서 딸의 앨범에 정리한 뒤 은행에 저축한다. 올해는 아직 앨범 정리가 끝나지 않아 돈은 전부 딸의 서랍 속에 있다.

"좋은 생각이네."

직접 접어서 만드는 세뱃돈 봉투를 새로 꺼내 딸에게 건네자 딸은 펼친 봉투 위에 돈을 올려놓고 고이 쌌다. 그러고 나서 밥 대신 무치를 든든히 먹고 함께 집을 나섰다.

여러 번 다녀 익숙해진 시 청사에는 아이를 동반한 사람도 많았다. 딸은 아까부터 "모토야마 씨는 어디 있어?" 하고 가만히 있지 못하고 자꾸 돌아다녔다. 접수대에 있는 여성에게 딸이 극성이라고 푸념을 하자 "모토야마 씨는 텐트에 있으니까 부르시면 돼요." 하고 일러 주었다. 그런데 다른 여성이 와서 걱정스럽게 말했다.

"지금 몸 상태가 많이 안 좋아서 만나는 건 역시 힘들 것 같아요."

"그렇군요. 후카, 모토야마 씨한테 세뱃돈을 직접 주는 건 안 되고 친구가 대신 맡아 뒀다가 전해 주겠대. 그렇게 하자."

우리 대화를 듣고 있던 접수대 여성이 딸 곁으로 와 쭈그리고 앉아서 말했다.

"이름이 뭐야? 후카? 이름 쓸 수 있니? 여기에 후, 카, 라고 써 봐."

그렇게 말하며 딸의 손을 잡고 같이 이름을 써 주었다.

그때 접수대에 편의점 봉투를 든 남성이 나타났다. 남성은 접수대에 있던 여성에게 주먹밥이 든 비닐봉지를 건네며 울면서 말했다.

"젊은 사람들이 이렇게까지 하게 하다니, 이 아저씨가 너무 괴로워서 가만히 있을 수가 없었어요."

접수대 여성은 받을 수 없다고 거절했다. 그 모습을 보다 못한 내가 "주민들 모두 미안해서 어쩔 줄 몰라 하니까 받아 주는 게 어때요?"라고 말하자, 여성은 잠시 생각한 뒤 "그럼 감사히 받겠습니다." 하고 남성에게서 편의점 봉투를 받았다. 남성은 정말 미안하다며 사과하고 돌아갔다.

딸에게 이제 그만 가자고 재촉했지만 딸은 세뱃돈 봉투를 직접 전달하겠다며 꼼짝도 하지 않았다. 딸의 마음이 바뀌기를 곁에서 기다리고 있는데, 카메라를 든 아사히 씨가 왔다.

"괜찮아요, 부르시면 나올 거예요."

그러고는 딸과 나를 텐트 앞까지 데려갔다.

텐트 앞에서 "우리 왔어." 하고 말하자, 모토야마 씨가 텐트 입구를 홱 열고 얼굴을 내밀었다.

"아, 선생님, 오셨군요. 아, 따님이에요?"

싱글벙글 웃는 그 얼굴은 역시 야위었고 눈 밑에는 다크서클도 생겼다. 음식을 전혀 먹지 않을뿐더러 사나운 날씨에 밖에서만 지내기 시작한 지 벌써 닷새째다.

매일 아침 모토야마 씨가 밤을 무사히 보냈는지 신문 기사를 체크하던 딸은 왠지 부끄러움을 타며 "이거, 받으세요." 하고 아기처럼 혀 짧은 소리로 세뱃돈 봉투를 내밀었다. 이게 뭔가 싶어 어리둥절해하는 모토야마 씨에게 딸이 무치를 가져다주고 싶다며 떼를 썼고, 돈밖에 받을 수 없다고 했더니 자기 세뱃돈을 주겠다며 돈을 봉투에 싼 것을 설명했다.

"맙소사, 네가 필요한 데 써야지."

모토야마 씨가 싱글벙글한 얼굴로 딸에게 말했다. 딸은 모토야마 씨의 얼굴을 가만히 지켜보더니 갑자기 "엄마, 나 배고파!" 하고 큰 소리로 호들갑을 떨었다. 굶고 있는 사람 옆에 있었더니 허기가 딸에게 옮은 모양이다. 당황한 나는 잘 지내라고 급하게 인사를 하고 딸과 함께 텐트를 벗어났다.

집에 가는 길에 뭐라도 사 먹여야겠다고 생각하고 있는데, 조금 전까지 딸을 상대해 준 여성이 와서 "주먹밥 받은 게 있는데, 후카, 먹을래?" 하고 딸에게 물었다. 딸은 고개를 끄덕이고 여성을 따라간 뒤 주먹밥과 생수병을 받아 들고 돌아왔다.

시 청사 옆 나무 아래 앉아 딸과 함께 주먹밥을 먹었다.

주먹밥은 깔끔한 소금 주먹밥이었다. 아까 울면서 사과한 그 남성은 모토야마 씨가 뭐라도 먹어야겠다 싶을 때 가급적 몸에 부담이 가지 않을 만한 음식을 준비한 것이었다.

상공에는 오스프리 수송기가 날고 있다. 오늘은 대입 시험 첫날로, 시험장으로 지정된 류큐대학도, 오키나와국제대학도 이곳에서 금방 갈 수 있는 거리다.

시험 감독관이 기침을 했다는 이유로 재시험을 치르게 된 것이 어느 현이었더라? 오키나와에서는 군 비행기의 폭음이 울려도 재시험을 치른 적이 한 번도 없다.

오늘은 햇살도 밝고 날씨가 좋다. 아마 이대로 기온도 올라갈 것이다. 그나저나 언제까지 이런 일이 계속되는 걸까.

저녁이 되자 의사의 닥터 스톱으로 단식투쟁을 중단하기로 했다는 소식이 들어왔다. 속행하겠다는 모토야마 씨를 모두가 설득한 끝에 겨우 단식투쟁을 그만둔 것이다.

"2019년 1월 19일 17시, 단식투쟁 개시로부터 105시간이 경과한 시점에 닥터 스톱을 받았습니다.

친애하는 '헤노코 현민 투표 모임'의 임원과 곁에서 도와주신 분들의 의향을 받아들여 단식투쟁은 이쯤에서 중단하기로 결정했습니다."

모토야마 씨가 아무것도 먹지 않고 밖에 앉아 고된 시위를 이어 온 닷새 동안, 다섯 개 시의 시장들은 끝까지 주민들이 투표할 수 있도록 하겠다는 말을 하지 않았다.

하지만 모토야마 씨는 또 하나의 포석을 깔아 놓았다. 닥터 스톱을 받았다는 공지에는 다른 말도 쓰여 있었다.

"시장의 태도가 바뀌지 않는 상황 속에서 현의회 분들의 움직임에 기대를 걸겠습니다."

그 발표로부터 며칠 지나서 오키나와현 현정 여당에서는 헤노코 신기지 건설에 '찬성'과 '반대'에 '어느 쪽도 고를 수 없다'를 추가해 세 가지 중 하나를 선택할 수 있도록 하자는 방안을 제시했다. '어느 쪽도 고를 수 없다'는 사실상 백지 투표다. 자민당이 난색을 표하는 가운데, 공명당 오키나와현 본부의 긴조 쓰토무 현의회 의원이 설득에 힘쓴 결과 현의회에서 모든 회파(會派)의 찬성을 얻어 삼자택일안이 통과되었다. 그는 단식투쟁을 중단한 뒤 병실에 입원한 모토야마 씨에게 찾아가 끝까지 설득에 힘쓰겠다고 말했다고 한다. 그 후 주민들에게 투표를 시키지 않겠다고 멋대로 정한 다섯 개 시의 시장들은 앞다투어 현민 투표에 참여하겠다고 발표했다.

그다음 주에 열린 헤노코 집회에는 온 가족이 참가했다. 다 함께 투표하고 싶다는 바람은 이루어졌지만 그 바람을 이루기 위해서 누군가가 건강을 해쳐 가며 희생해야만 했다. 정치가 장악되고 언론이 장악된 상태에서 앞으로도 고비는 계속될 것이다. 그런데도 그날만큼은 모두 밝은 얼굴로 활짝 웃고 있었다.

"더 널리 알리고 사회에 직접 호소하는 활동도 필요하다고 생각합니다."

그 여름에 모토야마 씨는 내게 그렇게 말했다. 그것은 아마 모토야마 씨만의 말은 아니었을 것이다. 누군가 모토야마 씨에게 바통을 넘겨주었고, 그 바통을 이어 받은 사람은 뭔가를 하려고 노력하고, 그 후 다른 사람에게 바통을 넘겨주면서 릴레이는 계속된다.

딸은 우리 섬에 도깨비가 살고 있고 밤이 되면 여기저기 돌아다닌다고 말한다. 무치를 먹으면 힘이 세져서 도깨비를 물리칠 수 있다고 말한다. 매일 밥을 든든히 먹고 쑥쑥 크겠다고 말한다.

나도 언젠가 모토야마 씨의 말에 도달할 수 있을까. 지금껏 누군가가 그렇게 해 왔듯이 주먹을 들어 올릴 뿐만 아니라, 비바람에 노출된 어딘가, 누군가 앉아 있어야만 하는 장소에서, 모토야마 씨가 그날 그렇게 홀로 앉아 있었던 것처럼 나 또한 홀로 어딘가에 앉아 있을 수 있을까.

3월의 아이

3월 들어 딸은 매일 새 노래를 부른다. 어린이집에서는 졸업식을 앞두고 졸업식에서 부를 노래를 가르치는지[*] 이 시기 딸의 노래는 늘 귀가 번쩍 뜨일 만큼 새롭다.

같은 어린이집에 다니는 아이 엄마와 요일을 나누어 하원 후 아이들을 맡고 있다. 월요일은 내가 아이들을 하원시키는 날이다. 딸보다 한 살 위인 여자아이와 딸을 함께 차에 태우고 집에 데려와 저녁을 먹이고 목욕을 시켜 주고 집에 돌려보낸다. 수요일과 목요일의 하원은 그 아이 엄마가 맡아서 해 주기 때문에 그

● 일본의 졸업식은 3월에 있으며 신학기는 4월에 시작한다.

날은 나와 남편 둘 중 하나는 느긋하게 일을 하고 퇴근한다.

처음에는 "엄마는 나만 봐!" 하고 나를 독점하려던 딸인데, 언제부터인가 한 살 위인 여자아이를 언니라고 부르며 따르게 되었다. 밥상에 딸이 질색하는 시금치나물이나 채소볶음이 올라와 있으면, 그 아이는 "언니가 먹여 줄게." 하고 딸의 입에 직접 채소를 떠먹여 준다. 그 아이는 차 안이나 욕실에서 어떤 노래를 부를지 정하고 딸에게 말뜻을 가르쳐 준다.

오늘도 차 안에서 딸과 그 아이는 노래를 부른다.

"작은 아이야, 작은 아이야, 너는 뭘 하고 있니?"

딸은 노래한다.

"나는 매화 향기를 맡고 있어요."

그 아이는 또 노래한다.

"매화 향기를 맡고 나면?"

딸은 노래한다.

"그러고 나면 노래를 불러요."

어린이집 졸업식에서 부르는 이 노래는 사람과 휘파람새의 대화로 이루어져 있다. 사람이 휘파람새에게 묻는 부분은 어른이 부르고, 휘파람새가 사람에게 대답하는 부분은 아이가 부른다.

휘파람새가 노래할 수 있는 것은 새가 앉아 있는 홰를 지키는 사람이 있기 때문이다. 하지만 휘파람새가 홰를 지키는 사람의 존재를 알아차리는 일은 없을 것이다. 이 노래는 꼭 어른과 아이의 관계를 나타내는 것 같다.

그나저나 두 아이 모두 많이 컸다. 이 아이는 엄마가 출장을 가자 스스로 우리 집에서 묵기로 결정하고 잠옷을 챙겨 왔다. 밥을 먹고 목욕을 하고 이를 닦고 그림책을 읽어 줄 때까지 평소처럼 언니 노릇을 충실히 하다가도 불을 끄자마자 "엄마 보고 싶어." 하고 훌쩍훌쩍 울었다. 평소엔 기대기만 하던 딸이 안쓰러워하는 표정으로 언니의 머리를 쓰다듬었다. 내가 두 아이의 등을 토닥여 주자 두 아이는 금세 잠들었다.

나중에 침실을 들여다보니 딸은 대자로 뻗어서 자고 있고, 그 아이는 두 팔로 제 몸을 끌어안듯이 잠들어 있었다. 단단히 묶인 손을 풀고 이불을 덮어 주었다. 아침이 되자 나는 "어제 잘 견뎠구나. 출장 끝나면 엄마가 금방 데리러 올 거야." 하고 말하며 아이를 꼭 안아 주었다.

그 아이 엄마가 출장에서 돌아온 뒤, 주말에 딸은 그 집에서 그 아이와 함께 그 아이의 옷을 입고 춤을 배우고 날이 어두워지고 나서야 집에 왔다.

최근 들어 다른 집 아이를 맡아 주거나 다른 집에 아이를 맡기는 집이 많아졌다.

2018년 여름에 딸이 다니는 어린이집이 비인가에서 인가로 바뀌었다. 그러면서 어린이집을 운영하는 지역 자치단체가 다른 지역에서 온 아이들을 강제 퇴소시키기로 결정해 어린이집이 발칵 뒤집혔다. 우리는 자치단체와 여러 차례 대화를 하고 가두서명을 벌여 현재 재원 유지를 희망하는 모든 아이들을 강제 퇴소시키지 말라는 재판을 걸었고 결국 모든 아이들의 재원 유지를 이끌어 냈다.

재판에서 원고였던 열 집은 각 가정의 생활 형편을 알게 되어 어려운 일이 생기면 서로 이야기를 나누게 되었다. 도저히 빠질 수 없는 일이 생기면 다른 집에 아이를 맡기고, 주말에 놀러 가게 되면 서로의 아이를 데려가고자 마음 쓰고 있다. 그렇게 아이들을 맡게 된 후 우리 집 세면실에는 아이들의 이름이 표시된 칫솔여러 개가 죽 걸려 있다.

아이들이 서로의 집을 오가며 함께 어울리는 시간이 많아지면서 그만큼 싸움도 늘었다. 싸움이 쉬이 끝나지 않을 때는 나도 중재에 나서곤 했다. 전에는 싸운 아이들의 변명을 일일이 들어 주었지만, 어느 날 이렇게 말했다.

"집에 전화해서 데리러 오시라고 하든지, 같이 놀지 생각하렴. 같이 놀고 싶으면 어떻게 화해할지 생각해."

그러자 아이들끼리 의논하더니 화해했다며 알려 주었다.

순식간에 해결하기에 어떻게 화해를 했냐고 물었다. "순서대로 하기로 했어요.", "가장 하고 싶어 하는 사람한테 시켜 줬어요.", "미안하다고 사과했어요.", "괜찮다고 용서했어요.", "다시 미안하다고 했어요.", "응, 괜찮다고 했어요." 등등 저마다 입을 열고 자기들 나름의 해결 방법을 가르쳐 주었다.

그런데 최근에는 그런 싸움도 없어졌다. 3월의 아이는 온화한 얼굴로 친구의 잘못을 너그럽게 용서한다. 이제 2주가 지나면 딸의 친구 중 한 명이 먼 섬으로 이사한다. 4월이 되면 딸이 언니처럼 따르던 그 아이는 초등학교 1학년이 된다. 아무리 좋은 때라도 시간은 멈추지 않는다. 그리하여 3월이 되면 아이는 노래를 부른다.

○ △ □

3월의 끝 무렵이 되면 연구회 졸업생이 집에 찾아온다. 졸업생 대부분은 학교 교사가 되었고 용건은 대체로 담임을 맡은 반에 대한 상담이다. 4월 말부터 5월 초의 황금연휴에 오는 졸업생은 새 학급에서 고군분투하는 이야기를 많이 하고, 여름방학에 오는 졸업생은 어쨌든 1학기를 무사히 끝냈지만 2학기는 어떻게 하면 좋을지 하는 상담이 많다. 3월의 끝 무렵에 오는 졸업생은 아이들과 쌓아 올린 시간이 어땠는지 가르쳐 주기 때문에 나는 넋을 잃고 그 이야기에 귀를 기울인다.

그런데 올해 3월은 조금 달랐다. 연구회 졸업생 한 명이 봄방학 때 만나고 싶다며 연락한 뒤 3월이 되자마자 우리 집에 찾아왔다.

그녀와 아이들의 관계는 매우 섬세했다. 자리에 가만히 앉아 있지 못하는 아이가 있으면 그녀는 그 아이의 손을 잡고 수업을 했고, 집안 문제로 속상한 마음으로 등교하는 아이가 있으면 그 아이의 이야기를 시간을 들여 충분히 듣고 나서 수업을 했다.

나는 그녀가 고등학생이었을 때 처음 만났다.

"아까 네 생각은 ○○라고 대답했는데, 이런 측면도 있지 않아?"

"아, 그러네요. 그런데 그 생각은 미처 못 했어요."

아직 고등학생이던 그녀는 내 질문에 눈을 동그랗게 뜨고 대답하더니 조용해지곤 했다.

교사가 된 후 그녀는 점점 더 조용해졌다. 늘 다른 사람의 목소리에 귀 기울이던 그녀는 아이와 학부모 곁에서 더 귀 기울여 듣는 사람이 된 것이다.

집에 찾아온 그녀는 눈물을 주룩주룩 흘리며 하소연했다.

"갑자기 학교에서 휴교 발표를 하는 바람에 교실로 돌아가 아이들한테 알려 줬더니 아이들이 전부 울었어요. 저도 울고요. 3월이 되면 그동안 있었던 일을 다 같이 정리하고 앞으로 어떻게 할지 이야기하는 시간을 가진 다음에 아이들을 배웅하려고 했어요. 아이들은 1년 동안 많은 것을 배웠고 수업도 굉장히 재미있었어요. 이런 일도 있었지, 저런 일도 있었어, 그래서 앞으로 더 기대가 된다는 식으로 아이들에게 이야기해 주고 싶었어요."

"제가 학교를 떠난다는 것도 제 입으로 직접 말하고 싶었어요.

마지막 날에 알리게 되면 아이와 학부모 모두 배신감을 느끼지 않을까 걱정되었거든요. 선생님이 왜 알려 주지 않았을까 하고 서운하게 생각할 것 같았어요."

"아무리 아이와의 시간을 쌓아 올려도, 잘 알지도 못하는 윗사람이 저와 아이의 시간에 끼어들어요. 자리에서 일어나 있는 아이가 있다는 지적을 받는데, 원래 그 아이는 일어선 채로 저와 다른 친구들의 이야기를 듣곤 해요. 그걸 알기 때문에 다들 생글생글 웃었던 거예요. 그런데 거기에 아무것도 모르는 사람이 끼어들어요. 이번 휴교 조치도 마찬가지예요. 저와 아이들이 만들어 온 것에 이렇게 누군가가 저희에게 한마디 의논도 없이 끼어들어요."

"제가 할 수 있는 건 아이들의 이야기를 들어 주는 거예요. 학부모의 이야기를 듣고, 귀 기울여서 듣고 또 듣는 것뿐이에요. 그렇게 듣고 공감하는 것밖에 할 수 없어요. 이야기를 듣는 건 힘든 일도 아니에요. 제가 힘든 건 아이와 학부모의 아픈 사정도 모르는 누군가가 멋대로 끼어드는 거예요. 저는 지금 학교에서 무력감을 느껴요. 결국 저는 아이들을 지키지 못했어요."

울고 있는 그녀에게 아무런 말도 해 주지 못하고 우리가 지금 빼앗긴 것이 무엇인지 생각했다. 아이들의 하루하루를 알지 못하고 가족의 생활을 모르고 교사의 일을 모르는 누군가의 결정에 의해 사람과 사람이 쌓아 올리는 시간을 빼앗겼다. 4월부터 1년간 관계를 다져 온 아이들과 교사가 서로를 아끼고 위하는, 그런 3월을 빼앗겼다. 지금까지 쏟아 온 노력이 결실을 맺어야 하는 이 시기에, 교사는 아이들이 없는 학교에 다녀야 한다.

○ △ □

학교가 돌연 휴교되는 등 신종 코로나 바이러스의 혼란 속에서도 딸은 어린이집에서 변함없는 나날을 보내고 있고 우리는 여전히 서로 다른 집 아이를 맡아 주고 있다.

지난 토요일에 예정대로 어린이집에서 졸업식이 있었다. 현관과 마당에는 아이들이 심은 튤립이 줄지어 피어 있고, 졸업식을 맞이한 상급반 아이들은 정장을 차려 입고 아침부터 들떠 있었다.

딸의 담임선생님은 딸 반의 아이들에게 동그랗게 원을 그리며 앉으라고 했다. 예쁜 원이 완성되고 나서도 아이들이 모두 올 때까지 조용히 기다렸다. 늦게 온 아이가 나타나자 아이들은 엉덩이를 조금씩 뒤로 물리며 그 아이가 앉을 자리를 마련해 주었다. 아이들이 만든 둥근 원이 마치 살아 있는 것처럼 느껴졌다.

한 아이도 빠짐없이 참여한 둥근 원이 완성되자 담임선생님은 말했다.

"지금부터 상급반 아이들의 매우 소중한 졸업식이 시작됩니다. 졸업식이 시작되고 나서 화장실에 가고 싶다, 물을 먹고 싶다고 들썩들썩하는 일이 없도록 지금 스스로 뭘 해야 하는지 생각해서 행동하세요. 4월이 되면 이번에는 여러분이 상급반이 됩니다."

아이들은 벌떡 일어나 지금 해야 하는 일을 마친 뒤 다시 자리에 앉아 졸업식을 기다렸다.

다들 정말 많이 컸다.

졸업식은 예정된 시간에 시작되었다. 재원 중인 아이들과 선생님과 보호자들이 노래를 부르자 복도에 대기하고 있던 상급반 아이들이 입장했다. 아이들이 의자에 앉자 '졸업증 수여' 시간이 되었다.

이 시간이 되면 나는 매년 눈물을 흘린다. 친한 보호자들은 "벌써 울어? 후카가 졸업할 때 되면 눈물샘이 터지는 거 아냐?" 하고 웃어 댔다. 그런 것과는 조금 다르다. 나는 아마 어느 집 아이가 졸업을 하든 눈물이 날 것이다.

담임선생님이 이름을 부르면 그 아이는 의자에서 일어나 혼자 천천히 앞으로 걸어간다. 원장 선생님이 두 손으로 높이 들고 있는 붉은 리본을 두른 졸업증을 향해 졸업식장 한가운데를 똑바로 걸어간다. 원장 선생님 앞에 도착하면 졸업증을 한 손으로 가볍게 받고 손에 든 졸업증을 높이 올린 채 다시 혼자서 보호자들 앞을 걸어간다.

아이는 누군가에게 뭔가를 '받는' 존재가 아니라 스스로 뭔가를 '받으러 가는' 존재라고 생각한다. 올해도 작년도 그 전에도 어른들은 다 같이 아이가 날갯짓을 하기를 기다리는 마음으로 그 모습을 바라보았다.

그리고 또 같은 생각을 했다. 사람과 사람이 자아내는 조화로움을 모르는 사람에 의해 빼앗긴 우리의 시간과, 아이가 없는 학교에 다니는 젊은 교사를 생각한다.

3월의 아이는 노래를 부른다. 쑥쑥 커 가기를 꿈꾸며 노래를 부른다. 어른들은 힘을 합해 그런 아이들을 지킨다. 아이들이 알아차리는 일이 없도록 가만가만히 곁에서.

나의 꽃

딸은 세 살 때 처음으로 미아가 되었다.

설날인 1월 1일 아침에 남편은 딸을 가마처럼 옆구리에 끼고 "영차, 영차." 하고 온 집 안을 돌아다녔다. 그러다 갑자기 비명을 지르는가 싶더니 몸을 움직일 수 없게 되었다.

"미안, 허리를 삐끗한 것 같아."

남편은 그렇게 말하며 살살 걸어 침실의 침대에 도달하더니 그대로 몸을 일으키지 못하게 되었다.

딸은 침대에 누운 남편 곁에 앉아 "아빠, 일어나." 하고 손을 잡아당겼지만 일어날 수 없다는 것을 알고는 이번에는 으앙 하고 울음을 터뜨렸다. 나는 침대 주변을 서성이다 남편에게 말했다.

"후카가 이러면 나을 것도 안 나을 테니 아무튼 후카를 데리고 어디 나갔다 올게."

그해 설날은 그렇게 시작되었다.

1월 1일은 바다가 보이는 언덕으로 산책을 하러 갔다가 돌아오는 길에 딸기를 사서 딸과 함께 시댁 식사 모임에 참석했다.

"그이는 오늘 아침에 후카를 옆구리에 끼고 돌아다니다 허리를 삐끗했어요."

그렇게 말하자 고등학교 때 동경하는 선배였고 지금은 가족이 된 손아래 시누이가 "오빠 대신 내가 사과할게." 하고 작게 말했다.

1월 2일은 근처 공원에 염소와 오리를 보러 갔다. 밤에는 딸과 함께 친정의 신년회에 참석했다.

1월 3일은 동물원에 가기 위해 아침부터 주먹밥을 만들어 집을 나섰다. 도중에 편의점에 들러 연못의 잉어에게 줄 150엔짜리 식빵도 샀다.

동물원의 커다란 연못에서 잉어에게 식빵을 주고 있는데, 딸이 갑자기 "잉어한테 안 줄 거야." 하고 도망치더니 잉어에게 줄 빵을 혼자 움쑥움쑥 먹기 시작했다. 나는 딸을 쫓아갔다. 우리는 많이 달리고 많이 웃었다.

동물원에서 실컷 놀고 난 뒤 집에 가기 전에 화장실에 들렀다. 딸 먼저 볼일을 보게 한 다음 엄마도 화장실에 가고 싶다고 말하자, 딸은 밖에서 기다리겠다고 했다.

"그럼 엄마가 나올 때까지 이 문에 손을 대고 기다리고 있어. 약속."

딸에게 옆 화장실 문의 손잡이에 손을 대고 있도록 일러둔 뒤 나는 화장실에 들어갔다.

볼일을 마치고 문을 열자 딸은 온데간데없었다.

머리카락이 쭈뼛 서는 것을 느끼며 딸을 찾았다. 먹을 것이 있는 곳에 있지 않을까 싶어 차양이 있는 휴게실로 달려갔지만 딸은 없었다. 동물원에 입장했을 때 인형을 보겠다고 한 딸의 말이 떠올라 입구 근처의 매점에 있나 싶어 달려갔지만 이번에도 없었다. 아까 회전목마를 더 타겠다고 떼쓴 것이 떠올라 놀이기구 구역으로 달려갔지만 딸은 없었다. 이제 안내 방송을 해달라고 하면서 경찰에 연락해야겠다 싶어 입구에 있는 접수처로 달려가자, 주차장으로 이어지는 계단에서 딸이 모르는 여성의 손에 이끌려 나타났다.

"후카!"

"아아, 엄마."

딸은 반가운 듯이 손을 흔들었다. 딸의 손을 잡고 있던 여성이 말했다.

"주차장에서 어슬렁대고 있길래 접수처에 데려가려던 참이에요."

딸은 화장실 밖으로 나와 혼자 먼 거리를 걸어 입구를 지나 주차장에 있는 내 차를 찾고 있었던 모양이다.

나는 고맙다고 인사를 하고 나서 딸의 손을 잡고 곁에 쭈그려 앉아 말했다.

"후카, 엄마 얼굴 봐. 엄마 울고 있지? 혼자 돌아다니면 못 써."

딸은 깜짝 놀란 얼굴로 말했다.

"집에 갈 거잖아. 차에 가 있으려고 했어."

나는 쭈그려 앉은 채 딸에게 말했다.

"그래도 혼자 돌아다니면 못 써. 하나, 차를 운전하는 사람은 작은 아이를 못 봐. 둘, 어린아이를 데려가는 수상한 사람이 있어. 셋, 수상한 사람은 집에 과자가 있다며 따라오라고 하고 아이를 유괴해. 그러니까 혼자 돌아다니면 안 돼."

딸은 고개를 갸우뚱하며 진지한 얼굴로 말했다.

"유괴가 뭐야? 가르쳐 줘."

"유괴라는 건 모르는 사람 집에 잡혀가서 엄마랑 아빠랑 못 만나게 되는 거야."

"아니, 그거 말고. 유괴 말이야. 과자가 어쨌다고?"

딸이 화를 내며 말했다. 왜 화를 낼까 생각하며 나는 다시 이렇게 말했다.

"아이를 유괴하는 사람은 집에 과자가 있다며 따라오라고 말해."

"아니이. 무슨 과자인데?"

딸은 여전히 화를 내며 말했다.

아이와 대화할 때는 구체성과 디테일이 중요하다는 것을 떠올렸다.

"과자라, 과자는 음, 과자는 아마 쿠키나 초콜릿 같은 거. 그리고 센베이 줄 테니까 아저씨네 집에 가자고 말할 거야."

딸은 갑자기 야무진 얼굴을 하더니 말했다.

"엄마, 나 결심했어. 나는 유괴당할 거야."

나는 기절초풍할 뻔했다.

이 일은 몇 번이고 반복해서 말해 주는 수밖에 없다는 것을 깨닫고, 집에 가는 차 안에서 유괴는 무서운 거라고 설명했다. 그런데도 딸은 "센베이를 받을 수 있으니까 나는 유괴당할 거야."라고 주장하기에 힘이 쭉 빠졌다.

집에 도착한 뒤 침실에 누워 있는 남편에게 오늘 동물원에서 있었던 일을 이야기했다. 딸이 화장실에서 주차장까지 꽤 먼 거리를 혼자 걸어가 미아가 되었다고 말이다.

"모르는 사람 손에 이끌려 가는 게 얼마나 무서운 건지 전혀 모르나 봐. 워낙 먹을 걸 좋아해서 센베이를 거절하지 못하고 따라갈 것 같아. 오늘 엉겁결에 '유괴'와 '수상한 사람'에 대해 알려 줬으니까 좀 이르지만 성교육도 시작하자."

"그보다 센베이를 먹이면 어떨까?"
남편이 웃으며 말했다.
"뭐가 위험한지는 제대로 가르쳐 줘야 한다고 생각해."
"하긴, 그럼 올해 네 살이 되니까 천천히 시작해 볼까."
이튿날 남편은 드디어 몸을 움직일 수 있게 되었다. 정말 끔찍한 새해의 사흘간이었다.

○ △ □

얼마 후 성교육을 시작해 봤다. 목욕할 때 몸을 씻겨 주면서 가랑이나 고추는 깨끗한 손으로 만져야 한다는 것, 중요한 부위이니 아무에게도 보여 줘서는 안 된다는 것, 후카의 몸을 보거나 만지는 사람은 나쁜 사람으로, 그런 사람을 수상한 사람이라고 하므로 기분 나쁜 일이 생기면 바로 엄마나 아빠를 포함한 어른에게 알려 달라고 거듭 설명했다.

딸은 '아이를 데려가는 수상한 사람이 있다.', '아이의 가랑이나 고추를 보려고 하는 수상한 사람이 있다.', '기분 나쁜 일이 있으면 알린다.' 하고 말하게 되어 딸의 유괴 붐은 그제야 끝이 났다.

그 후 딸은 네 살이 되었다. 가을에 접어들 무렵 어린이집에서는 그 해 두 번째 단체 건강검진을 실시해 검사를 위해 소변을 가져가야 했다.

나는 잠자리에 든 딸에게 말했다.

"어린이집 선생님이 내일 의사 선생님한테 드릴 거니까 오줌을 가져오라고 하셨어. 아침에 오줌 받아서 어린이집에 가져가자."

딸은 겁먹은 얼굴로 어린이집을 쉬겠다고 했다.

"엥? 오줌 받는 건 하나도 안 아파."

"의사 선생님한테 오줌을 준다고? 나는 의사 선생님 싫어."

평소에 보던 의사 선생님이 아니라서 싫은 걸까 하고 나는 대수롭지 않게 생각했다.

다음 날 아침 화장실에 들어가는 딸 곁에서 소변 컵을 조립해

서 재빨리 소변을 받아 내자 딸이 큰 소리로 오줌을 받지 말라며
화를 냈다.

어쩐지 이상하다는 생각을 하면서도 시간에 쫓겨 크게 신경 쓰
지 않았다. 출발 전에 "아, 오줌 가져가야 하는데." 하고 화장실
에 두고 온 소변 봉투를 가지러 가자, 딸이 뒤따라와서 화장실로
들어가 봉투를 가지고 달아났다.

"기다려, 거기 서."

나는 딸을 쫓아가서 봉투를 빼앗았다.

"싫어! 어린이집에 안 가! 오줌 돌려줘."

딸은 큰 소리로 말하더니 이내 울음을 터뜨렸다.

아무래도 이상하다는 것을 그제야 알아차리고 딸 곁에 쭈그려
앉아 왜 어린이집에 가기 싫은지 물어봤다.

"어린이집 의사 선생님이 애들 고추를 봤어."

나는 흠칫 놀라서 언제 봤느냐고 물었다.

"저번에. 고추 봤어. 어린이집 의사 선생님은 수상한 사람이야?"

일단 무슨 일이 있었는지 확인해야겠다는 생각에 딸에게 물었다.

"저번에 '누가누가 많이 컸나(신체 측정)' 했을 때 말하는 거지?

의사 선생님이 고추를 봤어?"

"팬티 내려서 봤어."

"깜짝 놀랐겠구나. 가르쳐 줘서 고마워. 그럼 오늘 엄마가 선생님한테 물어봐도 될까? 후카가 무서워한다고 말씀 드리고, 그래도 후카가 무섭고 싫으면 오늘은 어린이집 쉬고 엄마랑 엄마 일하는 데 가자."

딸은 안심한 표정으로 조리를 신고 차에 올라탔다.

어린이집에 도착해 딸의 담임을 찾았지만 보이지 않아 주임 선생님에게 물어봤더니 오늘 늦게 출근하는 날이라 아직 오지 않았다고 한다. 딸에게 주임 선생님에게 이야기해도 되겠냐고 확인하고 나서 주임 선생님과 이야기했다.

"오늘 아침에 한바탕 난리를 치렀어요. 소변을 받고 나서 후카가 어린이집에 가기 싫다며 울고불고 했거든요. 아무래도 이상해서 물어봤더니 건강검진을 받기가 싫다는 거예요. 의사 선생님이 고추를 봤다고 하던데 무슨 일인가 해서요."

선생님은 웃고 있었다.

"어머니, 지난주에 ○○반은 의사 선생님의 검진으로 발육이 잘되고 있는지 확인했어요. 마침 그맘때 소아과에서 고추가 표준 사이즈인지를 진찰하는지, 남자아이만 팬티를 당겨서 들여다봤거든요. 여자아이는 안 봤을 텐데, 후카는 무서웠구나."

아, 그랬구나, 하고 의문이 풀려 안심이 된 나는 말이 많아졌다.
"그런 거였군요. 집에서 성교육을 시작해서 고추를 보는 사람은 수상한 사람이라고 가르쳐 줬거든요. 그래서 후카가 깜짝 놀랐나 봐요."
그 말에 주임 선생님이 고개를 갸웃거렸다.
"어머니, 네 살에 성교육은 좀 일러요. 아직 네 살이라 후카는 수상한 사람이라는 말만 머릿속에 남은 것 같아요. 성교육을 하기에는 일러요, 일러."
담임에게는 주임 선생님이 전달하겠다고 했지만, 오늘은 역시 딸과 함께 담임선생님과 이야기하는 게 좋겠다 싶어 어린이집에서 선생님을 기다렸다.
9시에 출근한 담임선생님에게 아침에 있었던 일을 대강 알려 주었다. 그러자 담임선생님은 딸의 볼을 두 손으로 감싸며 딸과 이야기를 나누었다.

"후카, 많이 무서웠나 보구나. 미안해. 선생님이 미리 가르쳐 줬으면 좋았을걸. 의사 선생님은 남자아이들의 고추가 괜찮은지 조사하신 거야. 어머니, 지난주에 검진할 때 남자아이들만 줄을 나눠서 의사 선생님이 팬티를 이렇게 잡아당겨서 보셨거든요. 후카는 여자아이들 줄의 앞쪽이라 계속 남자아이들을 보고 있었어요. 그래서 무서웠나 봐요."

담임선생님이 딸에게 말했다.
"기분이 좋지 않았던 일을 어머니한테 말씀드리다니 후카는 정말 장하구나."
딸은 칭찬을 받아 좋은지 환하게 웃으며 선생님과 손을 잡고 교실 쪽으로 갔다.

집에 가는 차 안에서 담임선생님이 받아들여 준 것을 떠올리고 마음이 놓였다. 하지만 개운치 않은 기분이 드는 것도 사실이다.
아이의 팬티를 슬쩍 들여다봐도 되는 걸까. 네 살배기 아이에게 성교육을 시작하고 수상한 사람이 있다고 가르치는 건 이른 걸까.

아이들은 아주 어릴 때부터 성폭력의 피해자가 되기도 한다. 반복해서 시도하는 침입 행위가 결정적인 행위가 되기까지 그리 오래 걸리지 않는다.

조사를 통해 어렸을 때부터 성폭력에 시달린 여성을 만났다. 그녀는 아이들은 다 똑같은 일을 당하는 줄 알았다고 했다. 그리고 말했다.

"아이가 먼저 이야기하지는 못해요. 알아차리지 못하는 어른이 문제예요."

그때 나는 알아차리지 못하는 어른이 문제라고 그녀의 말에 전적으로 동의했다. 하지만 실제로는 아이가 그 일을 호소해도 긴가민가하는 경우가 더 많을 것이다. 오늘 아침의 나를 떠올리면 가슴이 철렁 내려앉는다.

각 가정에서 아이를 단독으로 키우는 것이 문제라고 생각한다. 아이들은 그 일을 말로 표현하지 못한다. 아이의 말을 들을 수 있는 장소가 없다.

○ △ □

주임 선생님은 말렸지만 그 후에도 성교육은 계속하고 있다.

"몸속에 아기의 씨앗이 되는 알의 방이 있어. 후카는 아직 어리지만 후카의 아기의 알은 이미 준비되어 있어."

그렇게 설명한 후부터 딸은 크게 웃을 때마다 이렇게 말한다.

"엄마! 나는 지금 너무 기쁘고 행복해서 내 배 속에서 아기의 알들도 같이 웃고 있어."

목욕을 한 뒤에 딸이 몸을 웅크리고 거울을 보면서 물었다.

"아기가 나오는 구멍은 어디야?"

"아기는 거의 다 이 구멍에서 태어나."

"아기는 참 조그맣구나. 실바니안만 하네."

딸은 그렇게 말하고 감탄했다.

"그렇지 않아. 아기가 태어날 때는 여기가 벌어져서 엄청나게 커져. 아기의 크기는 이 정도."

아기의 머리 크기와 몸길이를 알려 주자, "꺄아!" 하고 소리를 지르더니 "아기가 태어날 때는 이 구멍이 벌어진다는 게 굉장해." 하고 감동했다.

얼마 전에는 훌쩍거리며 곁으로 와서 말했다.

"나는 아기 낳는 거 무서워. 그러니까 엄마가 대신 낳아 줬으면 좋겠어."

"그건 상당히 어려운 일인데."

"아기 낳는 거 아프단 말이야! 낳고 나서도 아파! 엄마는 내가 아파도 좋다는 거지!"

나는 화내는 딸을 달래며 말했다.

"아픈 건 정성껏 보살피면 나아져. 후카가 아기를 낳으면 어디에 있든 엄마가 보살펴 주러 갈게."

"어디든지?"

"그래, 후카가 어디에 있든 엄마는 후카 곁으로 슝 날아갈 거야. 엄마가 후카를 보살필 테니 후카는 아기를 보살피면 돼."

그러자 딸은 울음을 그쳤다.

"나는 열일곱 살이 되면 딸을 낳을 거야. 이름은 얼굴을 보고 정할 거니까 아직은 몰라. 엄마, 기뻐?"

"엄마는 당연히 기쁘지. 그런데 아기는 혼자 낳을 수 없어. 남자가 가지고 있는 아기의 씨앗도 필요하거든. 그리고 딸인지 아들인지는 후카가 결정할 수 없어."

그러자 딸은 시무룩한 얼굴로 말했다.

"좀 더 생각해 봐야겠다."

170

○ △ □

오키나와에서도 성폭력에 항의하는 '플라워 데모'*가 열려 딸을
데리고 참가했다.

사람들이 왜 이곳에 모였는지 딸에게는 아직 설명하지 않았다.
앞에 나와서 중요한 이야기를 해 주는 사람이 있으니 떠들면 안
된다고만 했다.

플라워 데모가 열리는 곳 근처에서 리논을 만나, 그녀와 지금
까지 인터뷰한 데이터를 확인하며 차를 마셨다. 리논은 어렸을
때부터 오빠에게 성폭력을 당해 왔다. 리논은 글자로 가득한 방
대한 양의 데이터를 읽고 있었다. 나는 리논에게 가해자를 오빠
라고 명기해도 될지 걱정된다며 다른 사람에게 성폭력을 당한 것
으로 변경할까 고민 중이라고 말했다. 리논은 그것을 단호히 거
절했다.

"가해자를 오빠가 아닌 다른 사람으로 하면 그건 내 이야기가

● 2019년 3월에 만취 여성을 성폭행한 혐의로 기소된 남성이 무죄판결을 받은 것을 계기로,
   성폭력 범죄에 관대한 판결을 내리는 사법부에 항의하는 시민들이 꽃을 들고 시위에 나서
   면서 시작됐다.

아닌 것 같아요. 왠지 그렇게 느껴져요. 주변 사람들 사이에 이미 소문은 퍼질 대로 퍼졌고 오빠로 특정된다고 해서 뭐 딱히 문제 될 건 없어요. 어차피 과거의 일이잖아요. 지금의 나랑은 완전히 구분해서 받아들이고 있어요. 그러니까 오빠라고 표시하는 거, 전혀 문제없어요. 오히려 많은 사람들이 가족에게 이런 일을 당 한다는 걸 모를 테니, 확실하게 표시했으면 좋겠어요."

사회생활을 하고 있으면서도 자신의 경험을 숨김없이 꺼내 놓 는 리논의 강인함에 나는 전율했다. 말이 자꾸만 끊기는 내게 리 논은 자신의 이야기를 쓸 때는 반드시 써 줬으면 하는 것이 있다 고 말했다.

"이 내용은 꼭 넣어 줘요. 이런 일로부터 '도망칠 수도 있지 않 나?' 하고 생각하는 사람이 많거든요. 그래서 도저히 도망칠 수 없었던 이유를 꼭 알려야겠어요. 엄마가 내가 보는 앞에서 폭력 을 당했어요. 다음은 내 차례가 아닐까, 나 때문에 엄마가 더 끔 찍한 일을 당하면 어쩌나, 다른 사람에게 피해가 가지는 않을까 하는 생각에 무서워서, 나는 도망치지 않았어요. 도망칠 수 없었 다는 걸 꼭 써 줘요."

인터뷰 내용 중 마음에 걸렸던 부분을 몇 군데 확인한 뒤, 현청 앞에서 하는 플라워 데모에 나도 참가했었다고 하자, 리논은 말했다.

"나도 언젠가 가고 싶네요. 야후 뉴스를 보고 오키나와에서도 한다는 걸 알았거든요."

플라워 데모 현장에서 그동안 어떤 이야기를 들었는지 알려 주자, 리논은 "굉장하네요, 그 재판은 저도 황당하더라고요." 하고 대답했다. 나는 리논에게 가고 싶은 마음이 들 때가 오면 함께 가자고 했다. 리논은 말했다.

"앞에 나가서 이야기하지는 못해도 다른 사람들의 이야기를 들어 보고 싶어요."

플라워 데모 현장의 어둠 속에서 사람들의 이야기를 하나하나 들으면서 나는 내가 겪은 일에 대해서도 생각한다. 이 나라에서 여성으로 살아가는 것은 힘들고 고된 일이다. 나는 그저 입을 벌린 채 멍하니 눈물을 흘리며 들을 뿐이다.

주변에 핀 꽃을 따다 양쪽 귀에 꽂은 딸이 빙글빙글 돌고 있다. 시간에 쫓기며 플라워 데모 현장으로 향하는 나는 꽃을 들고 있지 않다. 네가 내 꽃이란다, 하고 딸을 바라본다.

아무것도 울리지 않는다

나나미가 울고 있다. 밤의 병원의 불 꺼진 응급실 대기실에서 오늘 저녁에 일어난 사건에 대해 이야기한 뒤였다.

입원한 지 나흘째 되는 날 밤이었다. 메시지를 주고받으면서 나나미가 갈기갈기 찢길 것 같은 상태임을 알 수 있었다.

이제 아무래도 상관없어요. 죽고 싶어요.

얼굴 보고 이야기하고 싶어. 거기 가도 될까?

병동은 가족 외에는 들어갈 수 없는 시간이니까 응급실 있

는 곳으로 내려올래?

일단 옷만 갈아입고 집을 나섰다.

○ △ □

2017년에 시작한 '어린 나이에 출산을 한 여성에 관한 조사'를
통해 나나미를 알게 되었다. 나나미는 가출을 반복하며 자란 열
일곱 살의 어린 엄마였다.

나나미는 초등학생 때부터 아버지에게 성폭력을 당해 왔다. 나
나미는 아직도 불을 꺼 컴컴한 방의 부드러운 이불 위에서는 잠
을 잘 못 잔다.

"이렇게 잠을 못 자는 거, 옛날 일하고 관계있다고 생각해?"

"네, 그렇게 생각해요."

"병원에 가 볼래?"

"그냥 얘기하는 정도로 뭐가 바뀔까요? 그리고 저는 남한테는
말 못 해요. 병원이라고 해도 말 못 하는 건 마찬가지예요."

나나미는 단호히 거절하고 입을 다물었다. 나는 하는 수 없이
치료 이야기를 덮기로 했다.

병원에 가 보자는 이야기를 다시 꺼내게 된 것은 나나미를 알고 지낸 지 2년이나 지나서였다. 나나미는 어머니와 살던 집을 나와 아이와 함께 시설에서 지내고 있다. 매월 아무리 절약에 힘써도 생활비가 부족해질 때면 멘즈 에스테틱이라 불리는 유흥업소에서 일을 구한다.

오키나와의 멘즈 에스테틱에서는 옷을 다 벗은 남자 손님의 몸을 오일로 마사지해 주고 마지막에는 사정을 시키는 것까지가 서비스에 포함된다. 요금은 손님 한 명당 40분에 2천 엔으로, 시급은 1,200엔부터 1,500엔 정도밖에 되지 않지만, 시급 800엔의 서비스업보다는 훨씬 많이 벌 수 있고 여자 종업원은 옷을 입은 채일할 수 있다. 그 때문에 유흥업계 중에서는 비교적 노동강도가세지 않은 서비스를 제공하는 업소로 알려져 있다.

나나미는 성적인 행위라면 다 싫어하지만 중학생 때부터 돈이떨어지면 핑크살롱에서 일하거나 원조 교제를 해 왔다. 아이가태어난 후에는 애들이 불쌍하다며 유흥업계에서 일하는 엄마들을 경멸했다. 그런데도 아이를 키우기 위해 돈이 부족해져 어쩔수 없다며 멘즈 에스테틱에 일을 구하러 갔다.

면접을 보러 업소에 갔더니 인터넷에 사진이 올라가 신상 노출을 막기가 어렵고, '숨은 옵션'이라 불리는 과도한 성적 접촉을 해야만 돈을 벌 수 있도록 임금체계가 짜여 있다는 것을 알게 되어 결국 업소에서 일하는 것은 포기했다.

그다음엔 나나미는 조건 만남 앱을 이용해 손님을 찾았다. 앱 키워드로 '구강성교', '5천 엔', '관광객', '단시간' 조건의 손님을 찾아서 돈을 벌려고 했지만, 어느 날 그렇게 찾은 손님에게 성폭행을 당하고 손님의 차로 아이의 어린이집 앞 길가에 버려졌다.

몸을 회복한 뒤 나나미는 안전하게 일할 수 있는 곳을 찾기 위해 유흥업소 이용 후기를 꼼꼼히 읽고 몇몇 업소에서 면접을 봤다.

나나미가 선택한 곳은 손님이 여자 종업원에게 성적인 접촉을 하면 남자 종업원이 재까닥 달려와 제지하는, 손님들로부터 악평을 받은 업소였다. 그것은 곧 일하는 여성을 지켜 주는 업소라는 뜻이다.

첫 출근한 날 나나미가 들뜬 목소리로 연락을 해 왔다.

"지금껏 입으로 하느라 힘들었는데, 여기는 너무 편해서 감동했어요! 오늘 하루 1만 5천 엔이나 벌었어요!"

나나미는 그 업소에서 고정으로 일하게 되었다. 손님의 대부분이 관광객이라 신상이 노출될 위험이 없고 '밀착' 등으로 불리는 과도한 성적 접촉이 없으며 출근하면 1만 엔은 벌 수 있기 때문에 나나미는 더할 나위 없이 좋은 선택이었다고 말했다.

하지만 일을 시작하자 옛 기억이 생생히 되살아나기 시작했다.

어떤 계기로 인해 기억이 되살아나면 나나미는 저도 모르는 사이에 손님이 있는 객실에서 뛰쳐나오고 말았다. 점점 잠을 이루지 못하게 되고 집에 돌아가면 손 하나 까딱할 기력조차 솟지 않는다고 했다.

나는 그 전부터 한 달에 한두 번은 나나미의 집에 가서 청소를 도왔다. 나나미가 유흥업소 일을 시작하고 난 뒤 집에는 썩은 음식이 여기저기 널려 있곤 했다.

집 안 곳곳에 방치된 투명한 비닐에 담긴 채 썩은 크로켓과 치킨, 팩에 포장된 채로 상해 버린 파인애플과 귤을 쓰레기봉투에 담아 버렸다.

업소에서 먹으려고 사 놓고도 나나미는 지금 그걸 먹을 수가 없다. 음식을 버리느라 쓰레기봉투에서 바스락 소리가 나는 가운데, 나나미의 욕망이 아주 짧은 시간만 지속된다는 것을 깨달았다. 아무것도 할 수 없는데도 나나미 곁을 지켰다.

그 무렵 오키나와에서도 EMDR(안구운동 민감소실 및 재처리 요법) 트라우마 치료를 받을 수 있다는 것을 알게 되었다. 기억 자체를 자세히 밝힐 필요가 없는 치료법이기 때문에 이런 치료라면 나나미도 관심을 가질지도 모른다. 나는 나나미에게 그 치료를 권했다.

"이 방법은 기억을 얘기하지 않아도 된대."

"그럼 괜찮을지도 모르겠어요."

관심이 있으면 일단 그 치료법을 다루는 정신과 의사에게 가 보자고 제안했다. 예약을 해 놨지만 막상 갔는데 내키지 않으면 무리하지 말고 그냥 돌아오기로 했다.

보름이 지나서야 예약이 잡혔다.

그날 약속 장소에 나온 나나미는 피부에 염증이 생겨 걷기 힘들다고 했다. 패밀리 레스토랑에서 모처럼 주문한 점심도 거의 먹지 못했다.

병원에 도착하고 나서도 나나미의 긴장은 조금도 풀리지 않았다. 대기실에서 두 시간 가까이 기다렸을 무렵 나나미는 위경련을 일으켜 몸을 움직일 수 없게 되었다. 간호사를 부르자 별실에 있는 침대를 내준다기에 나나미를 휠체어에 태우고 이동했다. 침대로 옮길 때 바지가 답답하다고 해서 바지를 벗기고 타월 이불로 하체를 꽁꽁 싸서 침대에 눕혔다.

이제 안정이 되었는지 아니면 여전히 불안해서인지 나나미는 자꾸 내게 말을 붙였다. 나나미와 수다를 떨면서 의사 선생님에게 무슨 이야기를 하고 싶은지 물어봤다. 나나미는 어려움을 겪고 있는 일에 대해 상담하고 싶다고 했다. 나는 그게 어떤 어려움인지 하나하나 물어 가면서 손가락을 꼽아 나나미에게 보여 주고 말했다.

"이 얘기를 다 하는 것만으로도 큰 수확이겠는데?"

운동화를 신은 의사가 나타났다. 의사는 침대 곁에 있는 철제 의자에 듬직하게 앉더니 부드러운 목소리로 "늦어서 미안합니다." 하고 머리 숙여 사과했다.

그러고 나서 자기소개를 한 뒤 말했다.

"앉으셔도 좋고 누워 계셔도 좋습니다. 편한 자세로 말씀해 주세요. 같이 오신 분이 여기 계시는 편이 좋은지 나가셨으면 하는지 나나미 씨가 정하시면 됩니다."

"침대에 누워서 말할게요. 우에마 씨가 곁에 있는 게 좋아요."

나는 나나미가 누운 침대 끝에 최대한 방해가 되지 않도록 조용히 앉았다. 이윽고 의사는 평소에 어떤 일로 어려움을 겪는지 묻기 시작했다. 나나미는 차근차근 대답했다.

통 잠들지 못한다.

최대한 오래 자 봐야 세 시간 정도.

술은 마시지 않는다.

뭣 때문에 불안한지도 모르고 그냥 불안한 마음이 크다.

돈이 걱정된다.

바보 같지만 연금도 걱정이 된다.

통장에 30만 엔 정도 있으면 마음이 놓일 것 같다.

멘즈 에스테틱에서 일하고 있다.

일은 열심히 하고 있다.

하지만 손님이 내 몸을 만지면 공포를 느낀다.

술 취한 사람이 가까이 있으면 몸이 떨린다.

일단 무섭다는 생각이 들면 걷잡을 수 없고 그 자리에서 달아나려 한다.

정신을 차려 보면 모르는 곳에 와 있는 경우도 있었다.

문득 정신이 들면 줄담배를 피우며 안정을 되찾으려 한다.

아마 그건 성폭력의 기억이 있기 때문인 것 같다.

성폭력은 초등학교 2학년 때 시작되었다.

아빠와 엄마가 이혼하는 초등학교 6학년 때까지 계속되었다.

아빠가 그랬다.

거의 매일 그런 일을 당했다.

일단 행위가 시작되면 내가 할 수 있는 건 아무것도 없다는 생각이 들었다.

아빠의 화난 얼굴과 고함 소리가 무서웠다.

그 장면은 아직도 머릿속에 남아 있다.

그 장면이 떠오르면 나는 더 이상 아무것도 못 한다는 생각이 든다.

의사는 나나미의 현재와 과거를 귀 기울여 들었다. 나나미는 현재 어떤 어려움을 겪고 있는지 말했고, 일 이야기는 물론 말할 수 없을 줄 알았던 초등학생 때의 일도 털어놓았다. 무섭다는 생각이 들면 저도 모르게 어디론가 가 버린다는 이야기도 했다.

"나나미 씨는 PTSD(외상 후 스트레스 장애)입니다."

의사는 그렇게 말한 뒤 무슨 일이 일어났을 때 옛날로 돌아가는지 그 트리거를 정리했다. 그러고 나서 일단 수면의 회복을 위해 뭘 할 수 있는지, 또 앞으로 주치의가 된 자신과 함께 치료해 나갈 수 있다고 설명했다.

나나미가 홀로 극복해 온 과거의 무게와, 눈앞의 환자의 말을 철저하게 신뢰하고 경청함으로써 말을 이끌어 내는 의사의 태도에 나는 압도되었다. 내가 2년에 걸쳐 알게 된 내용을 의사와 나나미는 단 두 시간 만에 공유했다.

다음 예약을 잡고 계산을 마친 뒤 병원을 나왔을 때에는 다섯 시간 가까이 지나 있었다. 지쳐서 멍하니 운전대를 잡은 나와 달리 나나미는 의사에게 진단을 받은 소감을 밝은 목소리로 이야기했다.

의사가 PTSD라고 했지만, 워낙 오래전부터 이런 상태가 계속되었잖아요. 막상 이게 병이라는 걸 알게 되니까, 진짜인가, 나 정말 병에 걸린 건가, 하는 생각이 들어요.

아, 그랬구나. ……혹시 불쾌했어?

불쾌한 게 아니라 깜짝 놀랐다고 해야 하나, 막상 진단을 들으니까 병이 아니다, 잘못 짚었다, 하고 말하고 싶었어요.

병으로 진단받아서, 싫었어?

아니, 그게 아니라, 내가 병에 걸렸다고? 진짜로? 하는 기분이
었어요. ……아! 우에마 씨, 여기, 차선 변경해 주세요. 왼쪽에
있어야 막다른 길로 안 가요.

**미안, 미안, 잘못 갈 뻔했네. ……아!!! 나나미, 방금 길 안
내했어!**

아, 진짜네.

　순간적으로 나온 나나미의 느긋한 목소리를 듣고 가슴이 뭉클
했다. 나나미는 남에게 길 안내를 하지 못한다. 아무리 사소한 일
이라도 자신이 누군가에게 뭔가를 제안하면 혼나거나 부정당한
다고 생각하기 때문에 눈앞에 있는 사람이 뭔가를 잘못하고 있다
는 것을 알아차려도 나나미는 조용히 입을 다문다.
　한 번 통원했을 뿐인데 그동안 하지 못했던 길 안내를 할 수 있
게 되었으니 치료를 시작하면 언젠가 공포를 느끼지 않고 살 수
있는 날이 올지도 모른다.

집으로 가는 동안 우리 두 사람의 표정은 한결 환해졌다.

이튿날 나나미는 몸에 열이 올라 앓아누웠다. 나나미가 사는
시설에 찾아가 잠들어 있는 나나미 곁에서 죽을 끓이고 설거지를
하고 세탁물을 정리했다. 내가 집안일을 하는 내내 나나미는 깨
지 않고 계속 잠을 잤다.

잠에서 깬 나나미에게 죽을 권했다.

"우메보시* 넣어서 먹을래?"

"네. 와, 맛있어요. 우메보시 더 먹을래요."

"우리 친정 엄마가 만든 거야."

"정말요?"

나나미는 눈을 동그랗게 떴다.

나나미는 손끝으로 뭔가를 만드는 사람의 이야기를 좋아한다.
아마 어머니와의 옛 기억이 떠올라서일 것이다. 어머니가 자주
과자를 구워 줬고, 어머니가 만든 푸딩이 어찌나 맛있던지 가게
에서 사 먹는 푸딩은 여전히 맛있게 느껴지지 않는다는 것을 나

● 소금에 절인 매실을 말려 만든 음식

나미는 특별한 이야기처럼 내게 반복해서 들려줬다.

죽을 다 먹은 나나미에게 옷을 갈아입도록 하고 열을 쟀다. 열은 많이 내렸지만, 다시 잠을 자도록 당부하고 나는 저녁이 되어서야 집에 돌아갔다.

다음 날 밤 나나미는 또 열이 났다. 아침까지 참았다가 병원에 갔더니 맹장염이었고 결국 긴급수술을 받았다. 저녁에 문병을 가서 담당 간호사에게 설명을 들었다. 통증을 참는 동안 맹장이 터지는 바람에 수술이 길어졌다는 것이었다.

"통증을 너무 잘 견뎌요. 보통 사람이 견딜 만한 통증이 아니에요."

어떤 상황에서도 남에게 도움을 청하지 않는 환자이니 신경을 더 써 줬으면 좋겠다고 간호사에게 부탁했다. 간호사는 무슨 일이 생기면 바로 연락하겠다고 했고 나는 머리 숙여 인사하고 병원을 나왔다.

수술한 지 나흘째 되는 날 오후에 나나미는 1인실에서 다인실로 이동했다. 나나미는 환자가 네 명이나 있어서 조금 불편하다고 했지만, 나는 다인실로 옮겼으니 이제 곧 퇴원을 할 수도 있다며 안심시켰다. 병원에 매일 다니면서 안면을 익힌 담당 간호사가 커튼 사이로 얼굴을 쑥 내밀고 말했다.

"오늘 담배를 피우고 싶다고 했다니까요! 절대 안 돼요, 수술한 곳이 아물지 않는다고요!"

그 말이 재미있어서 둘이서 웃었다.

낮에 병원에서 함께 지냈을 때 나나미는 밝은 목소리로 재잘거렸다. 그런데 밤이 되자 죽고 싶다는 것이었다. 무슨 일이 있었는지는 모른다. 일단 얼굴을 보고 이야기해야 알 수 있을 것 같아서 서둘러 준비를 하고 집을 나섰다.

○ △ □

병원에 도착했을 때는 이미 9시가 넘은 시각이라 병원 전체가 어두컴컴했다. 나나미는 응급실 입구 옆 벤치에서 휴대전화를 만지작거리며 나를 기다리고 있었다. 휴대전화 불빛으로 창백하게 빛나는 나나미의 얼굴을 보면서 곁에 가서 앉았다.

"무슨 일이 있었던 거야?"

나나미는 휴대전화를 엎어 놓은 뒤 저녁에 시설의 가와카미 씨와 싸웠다고 털어놓았다.

　　우에마 씨가 가고 난 뒤, 4시 30분쯤이었나, 가와카미 씨가
와서 "정신과에 가는 거, 그만두지 그래?"라고 하길래, "왜?
나는 가고 싶은데." 하고 대답했더니, "통원하느라 스트레스
받는 것 같으니까."라고 하는 거예요.
　　"내 스트레스는 병원 때문이 아니야! 내 스트레스는 엄마 때문
이고! 당신들 때문이야!"라고 했더니, "병원에 우에마 씨가 바
래다주는 거, 어머니에게 말씀 못 드리잖아."라고.
　　"내가 알아서 가니까 괜찮아."라고 했더니, "만약 계속 병원에
갈 거면 어머니에게 직접 PTSD 진단을 받았단 것과 왜 정신과
에 가는지 설명해."라고 해서…….
　　"지금 당신이 하는 말은 남편이 딸을 성폭행했다는 사실을 내
입으로 엄마한테 말하라는 거라고!" 하고 소리 질렀어요.

소리 질렀어?

네, 질렀어요.

나나미의 목소리가 온 병실에 울려 퍼졌을 것이다. 오후 4시 30분은 저녁을 먹기 전이므로 다인실 환자들이 병실에 있는 시간이다.

너무하네.

죽고 싶다고, 이제 그만하고 싶다고 생각했어요.

가족에게는 말하지 않기로 결심하고 그동안 혼자 견뎌 왔는데 말이야.

지금껏 그래 왔는데, 당신들이 까발릴 셈이냐는 생각이 들었어요. ……가와카미 씨가 엄마한테 말할 것 같아요.

뭐라고 말하면 좋을지 의사 선생님하고 상의하자. 뭐든 다 나나미 혼자 떠안지 않아도 돼.

나나미는 똑바로 앞을 향한 채 눈물을 뚝뚝 흘렸다.
5년 가까이 성폭력에 시달리면서도 가족을 지키기 위해 어머니에게 한 마디도 하지 않고 살아온 딸을 앞에 두고 왜 시설의 직원들은 어머니의 의향을 존중하는 걸까. 남편이 딸을 성폭행해 왔다는 것을 모르는 어머니는 딸이 왜 정신과에 가는지 알지 못한다.

나나미의 어머니는 딸이 얕은 잠밖에 자지 못한다는 것을 알면서도, 이따금 몸이 움직이지 않는 딸의 모습을 보면서도 병에 걸리는 것은 의지가 약해서라며 나나미를 탓한다. 어머니의 의향을 받아들인 시설 직원은 나나미에게 만약 정신과에 다니고 싶으면 아버지에게 성폭력을 당했다는 사실을 직접 어머니에게 고백하라고 압박한다. 결국 나나미의 입에서 정신과에 다니지 않겠다는 말이 나오게끔 하려는 것이다.

나나미가 원하던 것이 이런 식으로 뭉개지는 것에 분노하면서 나나미가 울음을 그치기를 조용히 기다렸다. 나나미가 울음을 그친 뒤 물어봤다.

"퇴원할 날이 얼마 안 남았을 텐데, 여기서 퇴원할 때는 어떻게 할 거야?"

나나미는 시설 직원에게 어머니가 걱정한다는 말을 들었다고 한다.

가와카미 씨가 "어머니는 나나미 씨를 걱정하고 계셔."라고.

"안 그러면 왜 히나(나나미의 딸)를 맡겠다고 하셨겠어? 나나미 씨가 입원하는 동안 아이를 맡겠다고 먼저 말씀하셨다니까? 퇴원할 때도 어머니가 퇴원 수속을 하러 병원에 오신다고 하셨어. 어머니가 걱정 많이 하시니까 당분간 어머니 집에서 지내는 게 어때?"라고 말했어요.

……엄마가 데리러 온다니까 그대로 집으로 가는 게 나으려나.

집에 가면 나나미는 또 어머니에게 상처를 받으리라 생각한다. 하지만 나나미의 인생이니 그녀의 결정을 존중하는 것이 중요하다고 지금껏 몇 번이나 다잡았던 생각을 다시금 다잡은 뒤, 나는 그녀에게 결정하면 알려 달라고 말한 뒤 병원을 나왔다.

이튿날 어머니 집으로 가기로 했다는 연락을 받았다. 밤이 되어 나나미로부터 연락이 다시 왔다.

"지금 택시 탔어요. 히나랑 시설로 돌아가요."

그 사람들이 한 말은 순 거짓말이었어요. 엄마는 시설 놈들한테 이용당했다며 짜증을 내더라고요. 시설에서 히나를 데려가라는 연락이 와서 하는 수 없이 아이를 데려온 거래요. ……집에 갔다가 결국 엄마한테 화풀이만 당했어요. 달리 갈 곳이 없어서 택시 타고 시설로 돌아갔어요. 그 사람들은 왜 쓸데없는 짓을 해서 일을 이 지경으로 만드는지.

'어머니가 나나미를 걱정한다.', '어머니가 히나를 맡겠다고 먼저 말했다.', '어머니가 걱정을 많이 한다.'는 시설 직원의 말에 이번이야말로 어머니가 자신을 따뜻하게 품어 주리라 기대한 나나미는 집으로 돌아간 것이다.

그런데 집에 가 보니 또 어머니가 폭언을 퍼붓는 바람에 나나미는 아이를 데리고 택시를 타고 시설로 돌아갔다. 기대했다가 배신당하고 상처를 입은 나나미는 주변 사람들에게 불신감을 품고 깊이 가라앉았다. 지금까지 그랬던 것과 완전히 똑같은 패턴이다.

결국 나나미는 PTSD 치료를 포기했다.

정신과에 가는 거 포기할게요.
하나같이 다 방해하려 드니까요.
시설에서 지원하는 대상이 나인지, 엄마인지 모르겠어요.
무슨 일이든 다 엄마한테 보고하는 의미도 모르겠어요.
지쳤어요. (웃음)

나나미는 치료를 단념한 뒤 곧바로 업소로 돌아가 일했다.

어느 날 100분 마사지 코스로 들어온 재방문 손님이 40분쯤 지났을 무렵에 클레임을 걸어 나나미는 애써 찾아낸 그 업소를 그만둬야 했다.

손님이 왜 상반신부터 하냐고 불평하길래 전에도 그랬다고 대답했더니, 이번에는 왜 오일을 듬뿍 바르지 않느냐며 시비를 걸더라고요. 그러고는 "됐어, 점장 불러!" 하고 가 버렸어요. 점장이 "방금 나간 손님에 대한 수당은 하나도 못 줘."라고 하길래, "네에." 하고 대답했죠.

속이 부글부글 끓었겠네.

그렇다니까요. 아, 그런데 다 귀찮더라고요. 그런데 점장이 "나나미 씨는 클레임이 많네."라고 하길래, "클레임 들어오면 그때그때 말씀해 주세요. 안 그러면 고치기 힘들어요." 하고 대답했더니, "됐어, 내일부터 오지 마."라고 해서, 폭발했어요.

폭발했다고?

"점장님이 딱 한 명, 편애하는 애 있죠? 다들 벼르고 있어요. 그 애만 돈도 더 많이 쳐주고, 보장된 일당도 더 높고, 원래 시간보다 일찍 끝내도 그냥 넘어가고, 출근도 들쑥날쑥. 윗사람이면 제대로 좀 하세요. 점장님이 그 애만 싸고도는 거, 다들 왜 저러냐고 난리라니까요." 하고 쏘아붙여 줬어요.

라인으로?

네, 라인으로.

그리고?

"그만두게 할 거면 일자리 소개해 주세요, 저도 생활이라는 게 있잖아요."라고 보냈는데, '읽씹' 했어요, 점장 놈이.

나나미의 항의에 화가 난 점장은 근무시간표에 나나미의 이름을 일절 올리지 않았다. 결과적으로 해고된 나나미는 하는 수 없이 직접 찾은 다른 멘즈 에스테틱 업소에서 일을 시작했다.

새 업소는 그 지역 손님이 많은 관계로 나나미는 예전보다 손님에게 자신의 정보가 노출될 위험이 큰 환경에서 일하고 있다. 손님이 나나미의 수영복을 벗겨서 과거의 장면이 되살아난 적도 있다. 나나미의 목표는 돈을 모아 시설을 나오는 것뿐이었다.

두 달간 매일 출근해서 돈을 모을 거예요. 얼마 전에 시설장이 "낮에는 뭘 해? 설마 유흥업소에서 일하는 건 아니겠지?" 하고 묻기에, "노는데요. 스트레스가 쌓여서 ○○중 동창하고." 하고 대답했어요. "나나미 씨, 아이 앞날에 대해 잘 생각해야지."라고 말하기에 미안하다고 사과해 놨어요.

시설장이 무슨 말을 하든 내게는 이제 아무것도 울리지 않아요. 왜냐하면 사실은 매일 출근해서 일했거든요. 히나를 생각했거든요. ……이제 됐어요, 병원 같은 곳도 아무래도 상관없다고 해야 할지. ……돈을 모을 거예요. 여기를 나갈 때까지는 그것 말고는 할 수 있는 게 없으니까요.

○ △ □

새해에 나나미는 매일 저금통에 넣었던 500엔짜리 동전을 전부 지폐로 바꿨다. 출근한 날에 저축한 1만 엔짜리 지폐와 합하면 저축 금액은 총 70만 엔이라고 한다.

　나나미는 지금 살고 있는 시설의 담당자와 시설장은 물론 아무에게도 자신의 이야기를 하지 않는다.

　여름을 맞이할 무렵 나나미는 시설을 나갔다. 나나미는 아무도 믿지 않는다.

하늘을 달리다

할머니는 84세에 무릎에 인공관절을 넣는 수술을 했다. 오십
대 후반부터 통증이 심해서 거의 매주 진통제 주사를 맞았다. 그
러다 무릎이 고장 나서 할머니는 발을 질질 끌듯이 걸을 수밖에
없게 되었다.

할머니는 생활에 지장이 없다고 여긴 듯하지만, 할아버지를 떠나
보낸 뒤 이모 중 한 명이 같이 여행을 다니기 위해서라도 무릎 수
술을 받아야 한다고 열심히 설득해 할머니는 마지못해 승낙했다.

나는 걱정이 돼서 엄마에게 팔십 대에 전신마취를 해도 괜찮냐
고 물었다. 엄마는 "그렇긴 한데, 그래도 그리 걱정하지 않아도
될 것 같아." 하고 대답했다.

"의사 말로는 84세의 고령 환자는 재활 치료가 만만치 않다고 하는데, 할머니는 워낙 끈기 있는 사람이라 괜찮을 것 같아. 그리고 수술하는 병원이 우리 집 근처니까 매일 다 같이 보러 갈 수 있잖니. 다만 좀 걱정되는 건 인공관절의 수명이 20년밖에 되지 않는 건데, 과연 할머니가 104세까지 건강할까 생각하면 또 그렇지도 않을 것 같아서 말이야."

"장수 집안이라 그건 모르는 거야." 하고 내가 웃자, 엄마도 "하긴, 그러네." 하고 따라 웃었다.

할머니의 어머니는 94세에 돌아가셨고 할머니의 이모는 99세에 돌아가셨다. 외가 쪽 여자들은 대체로 장수를 누렸다.

얼마 후 할머니는 수술을 받았다. 수술을 권한 이모는 아침과 저녁, 일하는 틈틈이 문병을 가서 할머니를 격려하고, 할머니 또한 열심히 재활 치료를 했다. 매일같이 누군가가 병원에 다녀와 할머니의 상태를 모두에게 알렸다.

"젊은 남자 치료사가 맡아서 지도해 주거든. 잘한다, 잘한다, 하고 아낌없이 칭찬해 주니까 할머니가 웃으면서 몸을 움직이더라. 의사도 이렇게 근력 있는 어르신은 잘 없다며 이대로 가면 금방 걸을 수 있다고 보장했어."

　정말 그렇다. 우리 집에서 함께 살았을 때도 할머니는 매일 아침저녁 하루 두 번 하는 체조를 거르는 법이 없었다. 부엌 싱크대를 붙잡고 바닥에 맥주병을 옆으로 누이고 그 위에 올라가서 발바닥 경혈을 자극하는 위험한 마사지를 하고 나면, 그다음에는 바닥에 누워서 다리를 올렸다 내리는 체조를 부지런히 100회 반복했다.

　그 모습을 보고 나는 반쯤 기가 막혀서 말했다.

　"할머니는 무슨 일이 있어도 매일 체조를 하네."

　"할머니는 끈기 있는 사람이거든. 발이 어찌나 빠른지 옛날에는 육상 선수였단다."

　할아버지가 대신 대답했다.

　"어렸을 때 아버지가 대회에는 못 나가게 하셨지. 발은 빨랐지만, 자식을 많이 낳고 뼈가 다 닳아 버렸어."

　이번에는 할머니가 말했다.

　닳아 버린 것은 뼈뿐만이 아니다. 그 무렵 할머니는 이미 전체 틀니를 했다.

○ △ □

재활 치료가 끝나고 할머니는 통증 없이 걸을 수 있게 되었다. 무릎이 편해졌다고 하는 할머니를 데리고 엄마와 이모들은 여기 저기 여행을 다녔다.

텔레비전에 벚꽃 개화나 넓게 펼쳐진 라벤더 밭의 뉴스가 나오면, 할머니는 신나게 말했다.

"어머나, 저것 좀 봐라. 참 예뻤는데. 네 엄마, 이모들하고 저기 갔다 왔다."

이모들은 그 모습을 보고 이야기했다.

"할머니가 자꾸 꽃을 꺾으려고 해서 말리느라 혼났네."

"할머니는 온천탕에 세 번이나 들어갔어."

"할머니는 조식 뷔페에서 음식을 네 번이나 가져다 드셨어."

그러면 손주들도 즐겁게 이야기했다.

"할머니, 국립공원에서 꽃을 꺾으면 붙잡혀 가."

"할머니가 먹보라 다행이야."

"할머니를 데려가면 본전을 뽑는다니까."

"그나저나 큰마음 먹고 무릎 수술 받기를 잘했지."

아흔이 넘었을 무렵 할머니는 치매 증상을 보였다. 은퇴해서 시간을 자유롭게 쓸 수 있는 엄마가 일주일에 한 번 나키진촌의 할머니네 집에 가서 할머니를 돌보며 며칠씩 머물렀다. 그런데 그곳에 머물며 할머니를 간호하느라 엄마는 몹시 지쳤고 할머니와 부딪치는 일이 많아졌다.

엄마가 할머니 간호에 극심한 피로를 느낀 것은 단순히 시간을 빼앗겨서만은 아닌 것 같았다. 엄마가 어렸을 때 할머니가 엄마에게 한 행동은 지금 같으면 학대라고 할 만한 것이었다.

엄마는 자신에게 한 번도 의견을 물은 적이 없고, 뭘 해도 혼나고 뭘 해도 칭찬받지 못하는 가정에서 자랐다. 엄마는 대학 입학을 계기로 본가를 떠난 뒤 할머니와 거리를 두고 살아왔다. 하지만 할머니를 돌보게 되어 함께 지내는 시간이 많아지면서 엄마는 옛날에 할머니에게 들은 수많은 말을 떠올리게 되었다.

나는 친정에 부지런히 다니며 자주 엄마와 함께 밥을 먹으면서 이야기를 들었다. 그러던 어느 날 엄마는 내게 할머니를 좋아하지 않는다고 털어놓았다.

"엄마는 네 할머니 안 좋아해. 어렸을 때 할머니는 늘 윽박지르고 명령하기 바빴거든. 나키진촌의 집 현관에 바람막이가 있지? 저녁에 네 할머니가 거기로 들어온 순간부터 버럭 화내는 소리가 시작됐고, 잠자기 직전까지 엄마를 부려 먹었어. 시키는 대로 하고 또 해도 이 사람은 감사라는 걸 모르는구나, 정말 싫다, 하는 생각이 들었지. 지금 이모들이 할머니 손도 잡고 주물러 주기도 하지? 그런데 엄마는 손도 대기 싫어."

나 또한 엄마에게 말했다.

"그렇다니까. 할머니가 버럭 화내는 소리는 나도 질색이야. 자기 엄마가 싫어서 손도 못 대겠다는 사람은 꽤 많아. 그런 책이나 에세이도 많고."

그리고 사노 요코 씨의 《시즈코 상》이라는 에세이 책을 엄마에게 건넸다.

엄마는 그 책을 바로 다 읽고 말했다.

"아아, 어쩜 이렇게 나와 똑같을까 하고 읽었어. 네 할머니와 이름까지 똑같지 뭐니. '시즈(靜)'라는 이름을 가진 사람 중에 조용한 사람은 없구나."

그리고 할머니에 대한 불평불만을 쏟아 냈다.

"지난번에 엄마가 할머니한테, 나는 엄마 안 좋아해, 라고 말했더니 할머니가 뭐랬는지 아니? 그럴 리 없다, 다들 나를 아끼고 존경한다, 자식과 손주 모두 나를 무척 좋아한다고 한 치의 망설임도 없이 말한다, 이러더라. 다른 자식과 손주가 엄마를 좋아해도 나는 싫다고 말했더니, 설마, 그럴 리 없어! 하고 웃으면서 전혀 믿으려 하지 않더라. 공주처럼 곱게 자란 사람은 정말 못 말린다니까."

할머니의 증상은 서서히 진행되었다. 할머니는 혼자 살기 싫다, 자식들을 많이 낳아 봐야 소용없다고 신세 한탄을 늘어놓았다. 잘 먹지도, 자지도 못하고 혼자 있을 때는 멍하니 앉아 있기만 했다.

엄마는 이모들을 모두 모아 놓고 앞으로의 간호 방침을 제안했다. 일주일에 반은 고자시의 자신의 집으로 데려와 돌보고, 나머지 반은 나키진촌에 사는 이모가 돌보고, 할머니를 데려오고 데려가는 일은 다른 이모들이 담당하는 것이었다. 그렇게 지내 보고 불편한 점이 있으면 다 같이 모여 상의하자고 했고, 이모들은 엄마의 제안을 받아들였다. 그리하여 엄마와 할머니의 새로운 생활이 시작되었다.

일주일의 반을 할머니와 살기로 결심한 엄마는 곧바로 데이케어 수속을 밟고, 정원이 잘 보이는 곳에 할머니의 방을 증축하고 뒷마당을 일구어 할머니의 밭을 만들었다.

아침에 일어나면 밭일을 하고 나서 밥을 먹고 데이케어 시설에 가서 시간을 보낸 뒤 집으로 돌아와 날이 저물 때까지 밭일을 한다. 밥을 같이 먹는 사람이 곁에 있는 것만으로 할머니는 밥을 많이 먹게 되었다. 잠자리에 들 때 잘 자라고 인사하는 사람이 있는 것만으로 할머니는 아침까지 푹 잠들게 되었다. 할머니의 생활은 차츰 안정되었다.

엄마도 조금씩 달라졌다. 할머니가 목욕을 하고 나오면 수건으로 할머니 등의 물기를 닦아 주며 할머니 몸을 스스럼없이 만진다. 할머니가 종이접기를 하면 접는 법을 가르치기 위해 옆에 앉는다. 할머니가 연필을 꼭 쥐고 일기를 쓰면 엄마도 차를 홀짝이며 옆에 앉는다.

어느 날 엄마가 할머니의 일기가 재미있다고 말했다.

"할머니는 눈앞에 있는 건 다 욕심을 내잖니. 꽃을 꺾어 오거나 알사탕을 집어 오기도 하고. 얼마 전에는 데이케어 시설에서 커피나 홍차에 넣는 설탕을 가져와서 따끔하게 혼을 냈어. 그걸 일기에 썼더라. 읽어 볼래?"

할머니 일기를 살짝 읽어 봤다.

오늘 어머님에게 혼났습니다.

데이케어 시설의 설탕을 몽땅 집에 가져왔기 때문입니다.

설탕을 혼자 돌려주러 가라며 혼났습니다.

혼자 돌려주러 가지 못하기 때문에 난처합니다.

어머님 미안합니다, 이제 안 그럴게요.

그나저나 귀녀는 그렇게까지 화낼 것이 뭐가 있는지.

"나를 어머님이라고 쓰더라. 요즘 귀여워. 노망이 들더니 귀여
워졌어."

할머니가 자신을 보호해 주는 딸을 어머니로 인식하게 되었다
는 것이리라. 그런데도 일기에 귀한 집 딸을 이르는 '귀녀'라는 말
을 섞어 쓴 것으로 보아 할머니는 자신이 딸에게 혼났다는 것을
잘 알고 있는 것 같다.

평화로운 나날이었지만, 할머니는 나키진촌의 집에 돌아간 뒤
뇌경색으로 쓰러져 몸져눕게 되었다. 모든 면에서 간호가 필요해
진 할머니는 더 이상 밥을 먹지도, 밭일을 하지도 못했다.

엄마는 주치의와 상의해 집에서 가까운 시설에 할머니를 입소시켰다. 그리고 매일 두세 번씩 시설을 방문해 할머니 곁에서 책을 읽거나 할머니 침대에 기대어 함께 잠을 잤다. 이모들도 문턱이 닳도록 드나들며 할머니를 휠체어에 태우고 시설 근처를 산책하거나 휠체어 택시에 태우고 멀리 떨어진 나키진촌까지 데려갔다.

"할머니가 고자시나 나키진촌을 구분할 수 있을까?" 하고 내가 의아해하며 묻자 엄마는 단호히 말했다.

"알지, 그럼! 섬(나키진촌)에 들어간 순간, 뭐랄까, 여기는 내 구역이야, 하는 얼굴로 당당해진다니까. 쇼시 마을의 가로수길 있잖니, 거기서 늘 아아, 돌아왔다, 하는 표정을 한다니까."

할머니가 나고 자란 나키진촌의 쇼시 부근은 유난히 녹음이 짙다. 대나무 숲에 둘러싸인 할머니의 생가는 언제나 사각사각 바람 소리가 난다. 그곳에서 할머니는 아아, 돌아왔구나, 하는 표정을 짓는다고 한다. 눈을 굴리며 사방을 둘러보는 할머니의 마음을 엄마와 이모들은 변함없이 읽어 낼 수 있었다.

○ △ □

2019년 가을의 한창 바쁜 시기에 할머니는 눈을 감으셨다. 대학 업무를 소화하는 한편 한동안 중단했던 '어린 나이에 출산을 한 여성에 관한 조사'를 다시 시작하고, 그 조사로 알게 된 어린 여성이 출산할 때 곁에 있어 달라고 한 부탁이 겹쳐서 휴대전화를 잠시도 놓지 못하고 있던 그 시기에 할머니는 조용히 떠나셨다.

그날은 근처 대학에서 열린 학회에 참석하느라 주차장에 차를 세우고 내리면서 휴대전화를 봤더니 "조금 전에 할머니 심장이 멈췄어."라는 이모의 메시지가 남겨져 있었다.

병실에 있는 엄마에게 전화를 걸자 엄마는 매우 조용한 목소리로 말했다.

"심장은 이미 멈췄단다. 지금 다들 모여 있는데, 이제 할머니를 곱게 염해서 오늘 안으로 나키진촌의 집에 모시고 갈 거야. 손주들한테도 연락을 돌렸는데, 이런 때일수록 눈앞에 닥친 일을 잘 마무리하고 왔으면 좋겠구나. 이제 장례식도 치러야 하고 할 일이 많잖니."

내가 "그럼 학회 발표 하나만 듣고 그리로 갈게. 우리 식구는 두 시간 뒤에 도착할 거야."라고 말하자, 엄마는 대답했다.

"쓰야*와 고별식도 있으니까 무리하지 말고. 엄마는 오늘 밤은 나키진촌 집에 머물게 될 거야."

학회에서 첫 번째 발표가 끝난 뒤 서둘러 달려가자 시설 입구에서 막 나오려는 참인 할머니와 엄마, 이모들과 마주쳤다. 침대에 잠들어 있는 할머니의 볼을 어루만졌다.

"이제 편히 쉬세요."

할머니의 볼은 아직 부드러웠다. 눈을 말똥말똥 뜨고 할머니를 쳐다보는 딸을 안아 올리자, 딸은 물었다.

"증조할머니, 인형으로 변했어?"

"여기 계신 증조할머니는 이제 인형이나 다름없어. 증조할머니는 이미 하늘로 가셨어. 하늘에서는 아픈 데도 없고 뭐든 다 먹을 수 있어. 증조할머니는 이제 이곳에 안 계셔."

내일부터 시작되는 장례 절차에 대한 설명을 듣고 집으로 돌아

● 가족, 친척, 지인이 모여 고인의 명복을 빌고 밤새 유해를 지키는 장례 절차로, 요즘에는 간소화되어 밤을 새우지 않고 저녁에만 행한다고 한다.

갔다. 미리 약속된 일정에 대비해야겠다는 생각에 "내일 대학원 수업은 휴강합니다." 하고 동료에게 메일을 보내자, 답장이 왔다.

"제가 대신 수업할 테니 안심하세요."

학부 수업의 일일 강사를 부탁해 놓은 사회학자 우치코시 마사유키 씨에게 "미안해. 수업을 잘 진행할 수 없을 것 같아서 내일을 휴강할 생각이야." 하고 메시지를 보냈더니, 답장이 왔다.

"내가 진행할 테니 우에마 씨는 그냥 옆에서 멍하니 있기만 해요."

출산할 때 곁에 있어 달라고 한 어린 여성에게 "오늘 오후에 할머니가 돌아가셨어. 내일부터 이틀간 쓰야와 고별식을 하느라 나키진촌이라는 오키나와의 시골에 가 있어야 해. 출산이 얼마 안 남았는데, 미안해." 하고 보내자, 메시지가 도착했다.

"앗, 괜찮으세요?? 저는 신경 쓰지 마시고 천천히 잘 보내드리세요!!"

잠시 후 "고인의 명복을 빕니다. 쓰야와 고별식이 있어서 피곤하실 텐데 신경 쓰이게 해드려 죄송해요."라는 다정한 위로의 말이 도착했다.

이제부터 매일 고비의 한가운데서 줄타기를 해야 한다. 주변 사람들의 힘을 빌려 할머니를 잘 보내드리고, 어린 여성의 출산을 무사히 마쳐야 한다. 반드시 극복해 내리라 다짐한 참인데 밤에 딸 몸에 열이 났다.

아침이 되어도 딸의 열이 가라앉지 않아 남편에게 딸을 맡기고 혼자 나키진촌으로 향했다.

쓰야 날은 매우 조용했다. 집을 찾아온 친척과 가족들도 느긋하게 할머니의 이야기를 나누었다.

고별식을 하는 날은 아침부터 쾌청했다. 손자와 손녀사위가 할머니 관을 들고 정면 현관으로 나가 할머니가 좋아했던 정원을 지나 섬 언저리에 있는 화장터까지 천천히 나아갔다.

화장이 끝날 때까지 모여서 기다렸다가 화장이 끝나자 할머니의 뼈를 다 같이 주웠다. 형태가 잘 남아 있는 할머니의 무릎 뼈 언저리에 볼트 두 개가 달린 쇠붙이가 대굴 굴렀다. 할머니 무릎에 20년간 들어 있던 인공관절이다.

가족들이 저마다 말했다.

"이렇게 무거운 게 들어 있었구나."

"그런데 편해졌다고 했어."

"저세상에서는 아프지 않겠네."

화장터 관계자에게 이것도 유골함에 넣는 거냐고 물었더니, 이렇게 말했다.

"아뇨, 저세상에서는 몸이 가뿐해져서 어디든 갈 수 있으니 이건 필요 없습니다."

뼈를 다 주운 뒤 나는 옆에 서 있는 엄마에게 물었다.

"엄마, 할머니는 혼자 계실 때 떠났어?"

"아니. 늘 그랬듯이 아침 10시에 얼굴을 보러 갔더니 얼굴색이 너무 안 좋은 거야. 그래서 곁을 지키다가 아무래도 신경이 쓰여서 병원과 이모들한테 연락했지. 결국 엄마가 할머니 곁에 있던 10시 40분에 떠나셨어."

"가장 정성껏 보살핀 사람 옆에서 눈을 감으셨구나. 우리 할머니 대단한데?"

"그러게 말이다. 그리고 다들 임종을 지키지 못해 마음 아파하기보다는 그동안 잘 보살펴드렸다며 만족스러워하고 있어."

내가 "그나저나 그때 말한 것처럼 딱 20년을 채우고 가셨네." 라고 말하자 엄마는 어리둥절한 얼굴을 했다.

"인공관절 수술했을 때 말이야. 그때 인공관절의 수명이 20년밖에 되지 않는다고 해서 과연 할머니가 104세까지 건강할까, 하고 우리끼리 얘기했었잖아."

"아, 그랬지. 그때는 그렇게 오래 사시지는 못할 것 같다고 생각했는데, 세상에, 보란 듯이 살아 계셨네."

화장터에서 산소까지 할머니의 유골을 천천히 옮겼다. 유달리 녹음이 짙은, 할머니가 나고 자란 쇼시 마을에서 왠지 할머니가 아직 이 근처에 있는 듯한 느낌이 들어 차창을 활짝 열었다.

대나무 숲의 저 사각사각 소리를 들으면서 할머니는 어린 시절을 보냈다.

바다가 보이는 묘지에 도착했다. 묘석 밑 납골 공간을 열자 맨 앞에 할아버지의 유골함이 혼자 기다리고 있고, 그 뒤로는 할아버지의 부모님, 할아버지의 조부모님의 유골함이 질서정연하게 기다리고 있었다.

그걸 보며 다 같이 이야기를 나누었다.

"묘 속은 이렇게 되어 있구나."

"할아버지가 맨 앞에서 기다리고 있었네."

"결혼식 같아."

"빰빠라밤!"

우는 사람도 있지만 웃는 사람도 있는 훈훈한 분위기 속에서 스님이 모두를 집합시켰다. 그러고 나서 천천히 입을 열었다.

"참으로 훌륭하게 살아오셨군요. 104세입니다, 여러분. 104년은 한 마디로 표현할 수 없을 만큼 기나긴 세월입니다. 지난 104년 동안 여기 모인 여러분을 낳아 키우고 그리고 살아오셨습니다. 참 장하다고밖에 할 말이 없군요. 지금쯤이면 시즈는 기특하구나, 시즈는 장하구나 하고 마사하루 씨, 그리고 아버님과 어머님 품에 안겨 있을 겁니다."

스님이 할머니 유골함을 묘 속에 쑥 넣었다. 할아버지 유골함은 짙은 녹색 도자기로, 할머니 유골함은 용 그림이 그려진 화려한 보라색 도자기다.

"유골함이 서로 다른 것도 두 분답네.", "할머니가 보라색을 참 좋아했지." 하고 활기차게 이야기하면서 두 개의 유골함을 딱 붙였다.

"할아버지, 오래 기다렸지? 할머니 왔어."

육신에서 자유로워진 할머니는 나키진촌까지 슝 달려가서 어렸을 때 살던 집의 대나무 숲을 빠져나가 할아버지와 살던 집과 밭과 근처 바다를 두둥실 날아 하늘에서 흘깃 내려다본 뒤, 하늘을 똑바로 보고 껑충껑충 뛰어 올라가 지금쯤이면 할아버지를 만났을 것이다. 그런 생각을 하며 나는 하늘을 봤다.

　저 구름이 있는 곳으로 먹보에 어리광쟁이인 나의 할머니는 떠났습니다. 전쟁을 겪어 내고 많은 자식을 낳아 키우고 할아버지를 먼저 떠나보낸 뒤 노년에는 자식과 손주에게 둘러싸여 실컷 기대면서 살았습니다. 참으로 훌륭하고 장한 인생이었다고 생각합니다. 나의 할머니는 곧장 하늘로 달려갔습니다.

에리얼의 왕국

새벽 3시쯤 딸이 "엄마, 오줌 쌌어." 하고 울음을 터뜨렸다. 딸을 일으켜 세우고 잠옷을 벗겨 줬다. 나흘 전에 열이 난 뒤 잠을 자는 동안 오줌을 지리는 야뇨가 반복되고 있어 침실에 갈아입을 잠옷과 교체할 시트를 미리 준비해 놓았다. 젖은 잠옷을 시트 위에 놓고 시트를 돌돌 말아 요에서 벗겼다.

옷을 갈아입은 딸은 내 이불로 옮겨 와 물었다.

"아직 밤이야? 아침 왔어?"

"아직 한밤중이니까 자야지. 엄마는 오늘 헤노코에 갈 거야."

"나도 같이 갈래."

"오늘은 바다에 흙과 모래를 집어넣는 날이라 다들 몹시 화나 있을 거야. 경찰도 무섭게 굴지도 몰라."

"그럼 어린이집에 갈래."

딸은 얼른 말을 바꿨다. 그러고는 어둠 속에서 내게 물었다.

"바다에 흙을 집어넣으면 물고기는 죽어? 소라게는 죽어?"

"그래, 다들 죽어. 그래서 오늘은 경찰이 무섭게 굴지도 몰라."

딸의 머리카락을 쓰다듬으며 결국 12월 14일이 왔구나 하고 눈을 감았다.

헤노코에 토사를 투입하기 위한 배를 출항시키는 항구가 태풍 피해로 못 쓰게 되었다. 그 발표를 듣고 가슴을 쓸어내린 것도 잠시, 이번에는 돌연 민간 항구에 배를 대고 바다에 토사를 투입하겠다는 보도가 있었다. 늦어도 이번 주에는 헤노코에 가려고 마음먹었지만 겨우 낸 시간은 딸의 발열로 홀랑 날아가고, 그리고 토사를 투입하는 날 아침은 어김없이 찾아왔다.

딸이 잠을 자지 않아 손발을 주물러 주며 노래를 불렀다. 딸을 재울 때는 대체로 〈저 마을 이 마을〉, 〈야자열매〉, 〈만월의 밤에〉를 반복한다.

딸이 두 살도 되지 않았을 무렵 "저 마을 이 마을 날이 저문다." 하고 노래를 불러 주자, 딸은 "다아." 하고 노래했다. 그리고 나서 "집이 점점 멀어지네." 하고 부르자, 딸은 "네에." 하고 노래하고, 그리고 "방금 온 이 길 돌아가자." 하고 부르자, 딸은 역시 "자아." 하고 노래를 따라 했다.

어느 날 내가 흥얼거리는 노래는 전부 멀리 여행을 떠나고 다시는 원래 있던 곳으로 돌아오지 않는다는 내용의 노래임을 깨달았다. 더듬더듬 노래를 부르던 딸은 순식간에 혼자 노래를 부를 수 있게 되었다. 이처럼 딸은 순식간에 자라서 언젠가 내 곁을 떠날 것이다. 엄마가 되고부터 나는 딸이 멀리 여행을 떠나는 그날을 반복해서 상상하게 되었다.

막 잠이 들려던 딸이 다시 물었다.

"물고기랑 소라게랑 거북이는 어디로 가?"

잠들기 직전의 딸에게 상냥한 말을 해 주고 싶어서 "물고기랑 소라게랑 거북이는 멀리 도망갔어."라고 말하자, 딸이 물었다.

"에리얼처럼?"

그래, 〈인어공주〉의 에리얼처럼. 푸른 바다 어딘가에 왕비와 공주가 사는 아름다운 왕국이 있어. 후카도 언젠가 왕국을 찾아 멀리 가게 될 거야.

○ △ □

눈을 떴더니 6시였다. 서둘러 준비를 하고 7시에 출근하는 남편과 밥을 먹었다. 남편을 집을 나서기 직전에 말했다.

"가 줘서 고마워. 다치지 않게 조심하고."

좀처럼 일어나지 않는 딸을 깨워서 아침밥을 먹었다. 식탁의 현미 주먹밥과 시금치볶음을 본 딸은 "현미 주먹밥 싫어. 나는 흰 주먹밥이 좋은데." 하고 하염없이 울었다.

딸 옆에 앉아 시금치볶음을 젓가락으로 집어 "엄마가 나를 노린다, 나는 후카한테 먹히고 싶은데." 하고 시금치볶음인 척 연기했다. 딸은 금세 울음을 그치고 "그래, 좋아." 하고 부지런히 밥을 먹기 시작했다.

그러고 나서 둘이서 집을 나섰다.

최근 어린이집으로 이어지는 농로를 발견해 도중에 차를 세우고 둘이서 어린이집까지 걸어간다. 고속도로 변의 농로와 어린이집 사이의 이어진 길에는 무밭과 감자밭과 파파야 모종을 키우는 농장이 있다. 밭 옆의 빗물을 모아 두는 드럼통 속에는 아직 겨울인데도 올챙이가 헤엄치고 있다.

여느 때처럼 딸은 감자에 "맛있어져라." 하고 마법을 걸고, 올

쳉이 다리가 바로 눈앞에서 뿅 나오는 것은 아닌지 열심히 관찰한다.

입을 다물고 있으면 심통이 난 것처럼 보이는 딸의 불룩한 볼을 보면서 물어봤다.

"산타 할아버지한테 뭘 부탁할까?"

"흰 주먹밥이랑 에리얼의 지느러미. 나는 바다에서 헤엄칠 거야."

딸의 대답을 듣고 이번에는 내가 입을 다물었다. 나는 아마 아침이 되기 전에 어디서 한 번 울어 뒀으면 좋았을 것이다.

어린이집에 딸을 맡긴 뒤 혼자 농로를 걸어 차로 돌아가 헤노코로 향했다.

이동하면서 늘 생각한다. 후지산 근처의 다섯개 호수인 후지 5호에 토사가 투입된다고 하면 구역질이 날 지경인 이 심정이 전해질까? 도쿄 근교의 쇼난 바다라고 하면 어떨까?

후텐마의 위험 제거를 강조하는 '최선의 결정'의 실상은 후텐마 바로 아래의 우리 집에서 차로 한 시간도 걸리지 않는, 37킬로미터 앞에 있는 헤노코에 기지를 신설하는 것이다. 그것이 미타카에서 도쿄만 정도의 거리밖에 되지 않는다는 것을 알고도 여전히 그들은 이것이 오키나와에 있어 '최선의 결정'이라고 생각하는 걸까?

헤노코의 지반은 마요네즈처럼 연약하다. 그들은 정말 해저에 수십 미터 길이의 말뚝을 박는다는, 인류가 한 번도 시도한 적 없는 공사가 가능하리라고 생각하는 걸까?

10시에 헤노코에 도착해서 게이트 앞 바닥에 앉아 연설을 듣고 있는데, 헤노코 인근의 미군 기지인 캠프 슈와브 안의 주차장에 차를 세운 경찰관이 마이크를 잡고 이동하라고 명령했다. 오키나와 사람은 들어가지 못할 터인 미군 기지 안에 경찰관과 기동대는 차를 세운다. 그들은 기지의 펜스 안쪽에서 비디오카메라를 돌리고 바닥에 앉아 있는 사람들에게 이동을 촉구하고 명령에 따르지 않으면 강제로 연행한다.

그나마 오늘은 경찰관에게 팔다리를 붙잡혀 강제로 옮겨지는 일은 없으므로 역시 토사가 투입되는구나 하고 멍하니 생각했다. 하늘에 떠 있는 헬리콥터 두 대는 군용 헬기가 아닌 방송국 헬리콥터이므로 역시 토사가 투입되는구나 하고 낙심했다.

연설을 들으며 앉아 있자 11시 넘어서 "방금, 바다에, 토사가 투입되었다고 합니다."라는 방송이 울려 퍼졌다. 내 앞에서 울음을 터뜨린 사람들의 얼굴과 하늘을 선회하는 헬리콥터가 눈물로 번진다. "끔찍해." 하고 읊조렸지만 실은 소리 높여 울고 싶었다. 땅 위에서 우왕좌왕하는 우리가 아닌, 먼 하늘 위에서 방금 붉게 물들었을 바다를 찍고 있는 헬리콥터에도 화가 났다. 오늘 뉴스에는 푸른 바다에 토사가 투입되는 영상만 보도될 것이다.

울면서 내내 서 있던 사람들이 비틀거리며 텐트 앞으로 이동했다.

○ △ □

이동하고 나서도 다양한 사람들의 연설이 이어졌다.

전쟁이 끝난 뒤 땅속에 버려진 유골을 수습해 유족에게 돌려주는 활동을 하고 있는 자원봉사 단체 '가마후야(참호를 파는 사람)'의 구시켄 다카마쓰 씨의 이야기가 가슴을 울린다.

"지금 미군 기지가 된 저 땅에는 전후에 포로를 가두는 수용소가 있었습니다. 포로가 되어서도 매일 수많은 사람이 죽었습니다. 사백 명에 달하는 분들이 여전히 저곳, 캠프 슈와브의 저 땅밑에 잠들어 있습니다. 새 기지 건설은 그분들이 잠든 땅 위에 이번에는 콘크리트를 덮어씌우는 것입니다. 저는 그분들을 한 명도 빠짐없이 파내서 집으로 돌려보내드리고 싶습니다."

전쟁터를 헤매다 포로로 잡혀 목숨은 부지했다고 안심한 것도 잠시, 굶주림에 죽고 죽은 그 자리에 파묻혀 땅속에서 뼈가 되었다. 그렇게 아직까지도 집으로 돌아가지 못하는 사람들이 저 땅밑에 잠들어 있다. 캠프 슈와브는 그 사람들의 시체 위에 지어졌고, 그리고 이번에는 새 기지 건설이 추진되고 있다.

점심을 싸 오지 않았기에 1시 30분쯤 게이트 앞을 벗어났다.

도중에 슈퍼마켓에 들러 단팥빵과 저녁거리를 사고 차 안에서 빵을 먹었다. 이럴 때일수록 매일 하던 일을 잘해야 한다. 금요일 저녁은 집에서 엄마 일행과 우리 식구가 함께 밥을 먹기로 약속했으니 내가 음식을 해야 한다. 음식 만들기 전에 서평 원고를 쓰기 시작해 다음 주 초에는 신문사에 보내야 한다.

3시 넘어서 집에 도착해 일을 두 시간만 하기로 했다. 서평을 쓰려고 자리에 앉았지만 글이 떠오르지 않아 책을 다시 훑어보는 사이에 어느덧 5시 30분이 되었다. 집에 온 엄마와 엄마의 남자친구와 함께 저녁을 지었다. 6시에 남편이 딸과 함께 귀가해 다 함께 밥을 먹었다.

저녁 뉴스에는 예상대로 헤노코 바다의 토사 투입이 보도되어 밥을 먹으면서 오늘 헤노코의 상황에 대해 짧게 이야기했다.

딸이 또 질문을 하기 시작했다.

"바다에 흙을 집어넣었더니 물고기는 어떻게 됐어?"

"그러게, 물고기들은 어떻게 됐을까."

어떤 상황에서도 아이의 질문에는 정직하게 대답하려는 엄마도 얼버무렸다.

"모두 아직 살아 있어. 그러니 공사를 멈춰야 해."

남편이 차분한 목소리로 딸에게 말했다.

"엄마, 경찰 무서웠어?"

"오늘은 다들 상냥했어. 경찰도 조용했고."

그렇다, 오늘 경찰관은 모두 조용했다. 평소에는 인도에 멈춰서 있기만 해도 이동하도록 재촉하고, 명령에 따르지 않으면 등을 마구 떠밀었는데 오늘은 아무것도 하지 않았다. 그리고 게이트 앞 바닥에 앉아 연설을 듣고 있으면 연설을 못 하도록 제지했는데 오늘은 한 번도 막지 않았다. 바로 그 무렵 헤노코의 그 푸른 앞바다에 붉은 흙이 떨어졌다.

○ △ □

엄마 일행이 돌아간 뒤 목욕을 하고 9시쯤 딸과 함께 침실로 갔다.

딸은 매일 밤 잠들기 전에 '예쁘고 귀여운 후카 짱' 이야기를 해 달라고 조른다.

"어느 마을에 예쁘고 귀여운 후카 짱이라는 여자아이가 살았습니다." 하고 운을 떼면, 딸은 어린이집에서 언니들이 "저리 가." 라고 심술궂게 말한 것과, 어린이집에 늦게 데리러 간 날에 곁에 있어 준 선생님의 이야기 등 그날 겪은 일을 이야기에 넣어 달라고 조른다.

이야기 마지막에는 왕비가 된 딸이 등장한다. 왕비는 "자기보다 어린 아이를 괴롭히면 안 됩니다." 하고 어린이집 언니들을 타이르고, "초콜릿을 줄게요." 하고 늦게까지 곁에 있어 준 선생님에게 상을 하사한다. 그런 이야기를 내 입으로 들음으로써 딸은 세상은 아무것도 망가지지 않았다고 안도하고, 그러고 나서 잠든다.

오늘도 또 베갯잇에 뺨을 묻은 딸에게 "어느 마을에 예쁘고 귀여운 후카 짱이라는 여자아이가 살았습니다." 하고 운을 떼자, 이렇게 주문했다.

"나는 에리얼이야. 물고기가 친구이고 바다에 흙을 넣는 마녀를 해치우는 얘기로 해 줘. 나는 지느러미가 있어서 바다를 잘 헤엄친다는 얘기여야 해. 물고기랑 거북이랑 저 멀리까지 간다는 길고 긴 얘기로 해 줘."

애야, 후카. 바닷속 왕비나 공주가 저 바다에 있는 물고기와 거북이를 어디 먼 곳으로 데려가 줬으면 좋겠어. 붉게 물든 저 바다를 다시 한번 푸른 왕국으로 만들어 줬으면 좋겠어.

그런데 후카. 어른들은 다 알아. 호안에 둘러싸인 저 바다에서 물고기와 산호가 서서히 죽어 갈 수밖에 없다는 걸. 알을 밴 바다거북이 옹벽에 막혀 모래사장에 도달하지 못하고 바닷속을 떠돌게 된다는 걸. 우리가 아무리 빌어도 어디에서도 왕비나 공주가 나타나 주지 않았다는 걸. 그래서 우리는 한바탕 울고 나면 손에 쥔 것이 얼마 안 된다는 걸 깨닫게 되는 저 바다에 홀로 서고 또 서야 한다는 걸. 그곳에는 오늘도 같은 생각을 하는 사람이 있고 어쩌면 그건 지상의 왕국일지도 모른다는 걸.

그러니까 후카. 너도 언젠가 왕국을 찾아 멀리 떠나게 될 거야. 바다 건너, 하늘 저편 어딘가에 후카의 왕국이 있어. 빛나는 바다에서 온 눈부신 너를, 어디선가 누군가가 왕비가 도착하기를 기다리고 있어.

바다를 주다

도쿄에서 살았을 때 놀란 것 중 하나는 군 비행기 소리가 들리지 않는다는 것이었다. 선로 근처에 살고 있어서 깊은 밤까지 전철 소리가 들렸지만, 그래도 집이 흔들리는 일도, 텔레비전 화면이 지지직거리는 일도, 옆에 있는 사람의 목소리가 들리지 않는 일도 없었다.

내가 오키나와 출신이라고 하면 오키나와는 좋은 곳이죠, 아무로 나미에* 예뻐요, 오키나와 아주 좋아해요, 하고 친근하게 대해 주는 사람이 많았다. 하지만 '아아, 이런 데서 사는 사람에게

● 오키나와 출신의 가수

군대와 이웃해 사는 오키나와의 일상적인 분노를 전하는 것은 어렵겠구나.'라는 생각에 나는 입을 다물게 되었다.

그렇다고 오키나와의 기지 문제에 관심을 보이는 사람들 앞에서까지 입을 다문 것은 아니다. 내가 다닌 대학원은 사회 운동에 관여하는 것을 장려하는 문화가 있어서 오키나와의 기지 문제도 이따금 화제에 올랐다.

1995년 오키나와에서 미군이 일본인 여자아이를 성폭행한 사건이 일어났을 때도 마찬가지였다. 미군 기지 인근 거리에서 물건을 사러 나간 초등학생이 네 명의 미군에게 납치되었고 너무 어리다는 이유로 미군 한 명은 성폭행에 가담하지 않았지만 나머지 세 명은 해변에서 그 아이를 성폭행했다. 이 일로 오키나와에서 8만 5천 명이 모이는 대규모 항의 집회가 열렸다. 이 사건은 도쿄에서도 매일같이 보도되었다.

도쿄의 보도 방식은 끔찍했다. 시사 정보 프로그램에서는 피해를 입은 여자아이의 집을 기어코 찾아내 화면에 내보냈다. 내가 살았던 좁은 섬에서는 그 영상을 보면 어느 집인지 바로 안다.

피해를 입은 것은 그 아이뿐만이 아니었다. 손에 풀을 쥔 채 성폭행 후 살해된 여자아이의 엄마는 딸의 옷이 이미 부패해 버렸는데도 버리지 못했다고 들었다.

그 아이는 마지막 순간에 무엇을 봤을까. 딸의 손바닥을 펼치고 풀을 빼낸 엄마는 지금 어떻게 지내고 있을까.

항의 집회가 끝났을 무렵 지도 교원 중 한 명이었던 대학 교원이 내게 말했다.

"오키나와, 굉장하네. 나도 항의 집회에 갔으면 좋았을걸."

'갔으면 좋았을걸'이 무슨 뜻인가 싶어, 나는 그에게 되물었다.

"갔으면 좋았을걸?"

"이야, 굉장하잖아, 8만 5천 명은. 나도 그 현장에 가서 분노의 파워를 느껴 보고 싶었거든."

나는 그 말에 흠칫 놀라서 입을 다물었다.

그 무렵 도쿄와 오키나와의 왕복 비행기 티켓 값은 거의 6만 엔에 달했기 때문에 내게 오키나와는 '갔으면 좋았을걸'이라고 가볍게 말할 수 있는 곳이 아니었다. 그러나 내가 입을 다문 것은 오키나와에 가벼운 마음으로 갈 수 있는 그의 재력 때문이 아니라 그의 말에 강한 분노를 느꼈기 때문이다. 그 아이의 몸의 온기와 오키나와의 과거 사건을 겹쳐 보면서 갈가리 찢어지는 심정인 오키나와 사람들의 침묵과, 방금 내가 들은 말은 어쩜 이렇게 동떨어져 있을까.

　그날 이후 기회가 있을 때마다 그때 나는 뭐라고 말했어야 했을까 하고 생각했다. 내가 했어야 하는 말은 그럼 당신이 사는 도쿄에서 항의 집회를 해라, 였다. 오키나와에 미군 기지를 떠넘기고 있는 것은 누구인가. 세 명의 미군에게 성폭행당한 여자아이에게 사죄해야 할 가해자는 누구인가.

　오키나와 주민들이 분노를 표출하는 모습을 보고 감상적인 힐링이나 얻고, 자신의 안락한 생활환경을 되돌아보는 일 없이 함부로 말하는 것 자체가 일본과 오키나와의 관계를 나타낸다고 나는 그에게 말했어야 했다. 그러지 못했기 때문에 그 말은 내 안에 가라앉았다. 그 말은 지금도 내 안에 남아 있다.

○ △ □

　그 후 나는 일자리를 얻어 오키나와로 돌아오게 되었다. 그때 내가 살 집은 후텐마 기지 인근이어야 한다고 생각했다.

　도쿄에서 접한 사람들……, 바꿔 말하면 오키나와가 좋은 곳이라고 일방적으로 칭찬하는 사람들, 오키나와의 기지 문제에 관심을 표하면서도 이곳에 기지를 떠넘긴 결정에 의문을 품지 않는 사람들 속에서 살았기 때문에 오키나와의 혹독한 상황을 직접 몸으로 느끼며 생활해야 한다고 그때 나는 고집스럽게 생각했던 것 같다.

막상 오키나와에서 살게 된 후에는 그곳에서 기지와 함께 살아가는 사람들이 부당한 상황에 대해 말하지 않는 것이 오히려 눈에 띄었다.

2012년부터 오키나와의 젊은 여성들에 관한 조사를 시작했다. 조사를 통해 만난 여성들 역시 인근 기지나 미군에 대해 말하지 않는다.

얼마 전에 만난 여성은 2016년 산책 도중에 전직 미군에게 성폭행을 당하고 살해된 스무 살 여성의 아파트 근처에 살고 있었다.

긴 인터뷰의 끝 무렵에 그녀는 말했다.

"외국인에게 살해된 여자애는 내가 매일 걷는 산책길에서 납치되었어."

그리고 나서 덧붙였다.

"나는 그날 컨디션이 좋지 않아서 어쩌다 산책을 쉬었는데, 사건이 일어난 뒤에는 무서워서 그 길은 지나다니지 않아. 그 편의점에도 안 가고."

살해된 여성과 같은 건물에 살고 있던 여성도 비슷한 말을 했다. 그 여자애가 없어진 뒤 경찰이 집에 수없이 찾아왔고, 사건을 알고 난 뒤에는 이런 무서운 곳에서는 살기 싫다고 생각해 방을 빼고 본가로 돌아갔다고 했다.

　살해된 여성에 대한 것과 미군 기지에 대한 분노는 마지막까지 말하지 않았다. 그녀가 말한 것은 사건을 무섭다고 생각했고, 그래서 스스로 알아서 위험을 피했다는 것이었다.

○ △ □

　결혼 후에는 성 밑에 건설한 도시인 슈리에 있는 남편의 집으로 이사했다. 조금만 나가면 근처에 류탄 연못이 있고, 그곳에서는 주홍빛의 슈리성이 새빨갛게 보인다. 초저녁에 특히 아름다운데, 달을 거느린 붉은 성은 거듭 소실되어도 되살아난 고고한 아름다움을 지녔다. 밤에 산책할 때마다 연못가에 멈춰 서서 넋을 잃고 바라보곤 했다.

　하지만 계속 슈리에서 살면 오키나와가 어떤 곳인지 잊어버릴 것 같은 기분이 들어 남편과 상의한 끝에 우리는 후텐마 기지 근처 폭음의 마을에 살고 있다.

　지금 집으로 이사한 것은 4월로, 마침 그 무렵이면 집 주변에서 반딧불이의 궤도가 파랗게 빛나는 것을 볼 수 있다. 마당에서 식사 중인 이웃 사람에게 "비행기 폭음이 정말 굉장하네요." 하고 말을 걸자, 그 사람은 "시끄럽죠." 하고 부드럽게 받아 준 뒤, "우리가 이사 왔을 때도 반딧불이 떼가 엄청났어요. 왠지 축복받은 기분이었어요." 하고 화제를 바꿨다.

하루는 동네 초등학생과 서서 이야기를 하고 있는데, 우리 머리 위로 군 비행기가 날아갔다. 조종사의 얼굴이 보일 만큼 가까이서 날아간 탓에 놀란 내가 "깜짝이야! 시끄러워라!" 하고 화를 내자, 초등학생이 "시끄럽지 않아!" 하고 큰 소리로 대꾸했다. 그 아이의 아버지가 미군 기지에서 일한다는 것을 뒤늦게 알았다.

동네 사람들은 모두 상냥하고 친절하다. 하지만 이곳에서는 폭음에 대한 말을 해서는 안 되는 모양이다. 절실한 이야기는 지나치게 절실한 나머지 입 밖에 내지 못한다.

아이가 태어난 뒤에는 후텐마에서 살기로 선택한 것을 후회했다.

말을 할 수 있게 되자 딸은 곧바로 "비행기.", "오스프리."라고 말했다. 미군의 비행기가 날아오는 시간이 되면 딸은 늘 안아 달라고 조른다.

가끔 추락했나 싶을 만큼 엄청난 폭음이 나면, "무서워!" 하고 소리 지르는 딸을 꼭 끌어안는다. '꼴좋다.' 하고 내 선택이 비웃음 당하는 상상을 하기도 한다. 나 역시 입을 다물었다.

이 지역 주민들은 침묵하고 있다. 그들의 눈에 오키나와와 미군이 어떻게 보이는지, 그들이 어떨 때에 입을 다무는지 나도 자세히 알지는 못한다.

친족에게 성폭력을 당했다는 여성을 인터뷰하고 돌아가는 길이었다. 신기지 건설 저지를 위한 연좌 농성을 호소하는, '다 같이 헤노코에 가자.'라고 적힌 입간판을 봤다. 장시간에 걸친 인터뷰에 지친 나는 그날 제과점인 '지미'에 들러 초콜릿 시트에 코코넛 크림이 듬뿍 올라간 저먼케이크를 사서 집에 갔다. 수십 년 전 미군 기지 근처에서 시작해 지금은 오키나와 전역에 매장이 있는 '지미'의 다디단 케이크는 기지 옆에서 자란 내 어린 시절의 맛이다. 내가 즐겨 먹는 음식에도 기지와 공존해 온 시간이 각인되어 있다.

케이크를 먹으면서 생각했다. 오늘 내가 인터뷰한 여성은 인근에 있는 미군 기지나 오키나와에 대한 이야기는 하지 않았다. 그녀에게 헤노코는 아직 까마득히 먼 곳에 있다. 따라서 폭음이 울리는 하늘 아래 살면서도, 헤노코에 다니면서도 침묵을 강요당하고 있는 사람들의 이야기를 들어야 한다고 생각한다.

○ △ □

우리 집 상공에서는 오늘도 오스프리와 제트기가 날아다닌다. 접근하는 비행기 소음은 90데시벨이 넘는다고 한다. 90데시벨은 옆에 앉아 있는 사람과 대화를 할 수 없는, 시끄러운 공장 안과 똑같은 소리다. 나는 이곳에서 작은 여자아이를 키우고 있다.

아키타현 주민의 반대로 육상 배치 미사일 요격 체계인 '이지스 어쇼어' 계획이 중단되었고, 도쿄 주민들은 아키타 주민에게 머리를 숙였다. 그런 도쿄 주민들이 후텐마에서 헤노코로 기지를 옮겨야 한다고 말한다. 오키나와 주민들이 거듭 중단할 것을 부탁해도 오늘도 푸른 바다에 토사가 투입된다. 이것이 차별이 아니고 무엇이란 말인가. 차별을 그만둘 책임은 차별당하는 쪽이 아닌 차별하는 쪽에 있다.

2018년 말에 시작된 토사 투입은 2019년 말까지의 1년간 공정표의 1퍼센트를 마쳤다고 한다. 후텐마 기지를 폐쇄한다는 명목으로 자행되는, 서서히 가라앉는 대지에 말뚝을 박는 헤노코 기지의 완성에는 앞으로 100년이 걸린다는 뜻이다.

그리고 나는 눈을 감는다. 그리고 토사가 투입되기 전의 생기 넘치는 생물이 사는 저 깊고 푸른 바다를 생각한다.

이곳은 바다. 푸른 바다다. 산호초 속에서 형형색색의 물고기와 거북이가 오가는 교차점, 어쩌면 아직 어딘가에 인어도 숨어 있을지도 모른다.

나는 조용한 방에서 이 글을 읽고 있는 당신에게 건넨다. 나는 전철에서 이 글을 읽고 있는 당신에게 넘긴다. 나는 강가에서 이 글을 읽고 있는 당신에게 준다.

이 바다를 혼자 품는 것은 더 이상 불가능하다. 그래서 당신에게, 바다를 준다.

〈깨끗한 물〉

백발의 할머니 2018년 3월 3일

〈혼자 살아가다〉

가즈키 2017년 2월 28일

〈파도 소리와 바닷소리〉

나나미의 첫 인터뷰 〈아무것도 울리지 않는다〉 조사 기록란 참조

아이 곁을 지키는 엄마 2017년 10월 20일, 12월 6일

사라진 열일곱 살의 엄마 2017년 4월 11일, 6월 14일, 8월 29일

(집에 편지를 놓고 사라짐, 그 후 가족에게 연락이 옴)

〈나의 꽃〉

리논 2019년 7월 19일, 8월 28일, 12월 30일 / 2020년 1월 2일,
6월 6일, 9월 13일

내용 확인 2020년 9월 1일

〈아무것도 울리지 않는다〉

나나미 2017년 3월 20일, 3월 30일, 4월 11일, 4월 16일, 4월
25일, 5월 26일, 5월 31일, 6월 14일, 6월 20일, 6월 27일, 6월
29일, 7월 1일, 7월 2일, 7월 6일, 7월 21일, 7월 23일, 8월 10
일, 9월 9일, 10월 9일, 11월 13일, 11월 14일, 12월 23일, 12월 29
일 / 2018년 1월 1일, 2월 22일, 3월 15일, 4월 20일, 4월 23일,
5월 21일, 6월 2일, 6월 21일, 6월 26일, 7월 19일, 7월 24일, 9
월 7일, 9월 17일, 9월 18일, 9월 19일, 9월 20일, 11월 2일, 12
월 20일, 12월 30일 / 2019년 1월 31일, 3월 4일, 3월 27일, 4
월 3일, 4월 17일, 4월 25일, 5월 23일, 5월 31일, 6월 6일, 6월
21일, 7월 17일, 7월 24일, 7월 26일, 8월 2일, 8월 8일, 8월 17
일, 8월 29일, 9월 4일, 9월 9일, 9월 12일, 9월 16일, 9월 18일,

9월 22일, 9월 27일, 10월 2일, 10월 4일, 10월 7일, 10월 31일, 11월 1일, 11월 2일, 11월 3일, 11월 8일, 11월 9일, 11월 10일, 11월 12일, 11월 21일, 11월 24일, 11월 28일, 11월 29일, 12월 1일, 12월 8일, 12월 12일, 12월 15일, 12월 19일, 12월 22일, 12월 31일 / 2020년 1월 8일, 1월 12일, 1월 13일, 2월 6일, 2월 7일, 2월 15일, 2월 20일, 2월 24일, 3월 2일, 3월 4일, 3월 19일, 3월 20일, 3월 26일, 4월 1일, 4월 4일, 4월 8일, 4월 11일, 4월 12일, 4월 14일, 4월 15일, 5월 8일, 5월 14일, 5월 16일, 5월 17일, 6월 6일, 6월 27일, 7월 10일, 7월 22일, 8월 14일, 8월 19일, 9월 7일, 9월 9일, 9월 11일

내용 확인 2019년 2월 26일, 7월 5일

〈바다를 주다〉
그날 산책을 하지 않은 여성 2018년 6월 1일
그때 같은 건물에 살았던 여성 2017년 12월 13일
성폭력 고백을 한 여성 2017년 8월 22일, 8월 29일

조사 기금

· '오키나와의 빈곤과 교육의 종합적 조사 연구'(연구 대표자)
일본학술진흥회 과학 연구비 기반 연구(C) 2014년~2016년

· '어린 나이에 출산을 한 여성에 관한 조사'(연구 대표자) 공익
재단법인 미래펀드오키나와 '오키나와 마을과 아이 기금' 조성프
로그램 2017년

· '어린 나이에 출산한 여성을 통해 보는 오키나와의 빈곤의 재
생산 과정'(연구 대표자) 일본학술진흥회 과학 연구비 기반 연구(C)
2018년~2020년

작
가
의
말

　푸른 바다가 붉게 물든 그날부터 눈앞에서 일어난 일을 멍하니 바라보곤 했습니다. 오키나와에서의 삶 하나하나, 말 하나하나가 꺼림칙한 권력에 짓밟히는 상황 속에서 글을 쓴다는 것이 과연 의미가 있을까 하고 머뭇거리는 시간이기도 했습니다. 그래서 평소보다 더 부지런히 밥을 짓고, 딸에게 그림책을 많이 읽어 주고, 어린이집으로 이어지는 농로를 걸어 조사 활동을 하러 나가고, 하루하루를 마음에 새기는 것에 충실한 그런 나날을 보냈습니다.

　한 글자도 쓰지 못하게 되는 바람에 원래 써 주기로 약속했던 원고들도 연달아 거절하고 있었습니다. 그때 담당 편집자인 시바야마 히로키 씨에게 이런 이야기를 들었습니다.

"지금 우에마 씨에게 필요한 건 SNS에 쓰는 것처럼 눈앞의 일상을 부담 없이 쓰는 것 아닐까요."

그렇게 권유 받아서 쓴 글이 〈에리얼의 왕국〉이었습니다.

다 쓴 원고를 읽고 나서야 비로소 울 수 있었고, 동시에 제 안에 아직 누군가가 들어 줬으면 하는 마음이 있다는 것에 놀랐습니다.

그 후에는 매일같이 글을 썼고 시바야마 씨와 남편이 글을 읽어 줬습니다.

그리하여 연재가 시작되었습니다.

○ △ □

연재의 시작 지점이 나 자신의 목소리를 듣지 못하던 시기였기 때문에 연재를 시작하고 나서도 무리하지 않기로 했습니다. 써지지 않을 때는 쓰지 않았습니다. 쓰지 못하는 때에도 그 나름대로 의미가 있기 때문입니다. 저는 대학 일을 하면서 늘 조사와 지원의 틈바구니에서 무리하는 것이 업이 되었습니다. 그래서 저는 스스로에게 무리하지 않는다는 의무를 지웠습니다.

나 자신의 목소리에 귀 기울이는 나날 속에서 뼈저리게 절감한 것은 그동안 조사 활동을 통해 만난 젊은 여성들이 얼마나 목소리를 내기 어려웠을까, 하는 것이었습니다.

현재 진행 중인 '어린 나이에 출산을 한 여성에 관한 조사'는 십대에 엄마가 된 젊은 여성들에 대해 단발성 인터뷰 조사를 하는 것으로 기획했고 현시점에서 만난 여성의 인원은 일흔네 명입니다. 무엇보다 오키나와의 젊은 여성들의 경험, 특히 어린 나이에 출산을 함으로써 어려운 생활환경에 놓이기 십상인 가정의 실상에 대한 데이터를 양적으로 확보하는 것이 조사의 당초 목적이었습니다. 다만 막상 조사를 시작해 보니 인터뷰 대상자에 따라서는 여러 번 만나서 이야기를 듣기도 했고, 문제를 하나하나 해결하기 위해 일정 시간을 쓰며 무엇이 그 사람을 위한 해결 방법인지 고민하는 시간이 되었습니다.

고민하는 시간 동안 더 깊이 있게 파고들어 진지하게 마주했다고 생각합니다.

오키나와의 유흥업계에서 일하는 여성들에 관한 조사 기록을 정리한 후 강연회를 열었습니다. 그때 강연회장에 오신 정신과 의사 선생님에게 제 인터뷰가 성 학대의 고백으로 이어지는 성질이라고 지적받았습니다. 그리고 "인터뷰 대상자가 이제 슬슬 성학대 등의 이야기를 할 겁니다. 그러면 트라우마를 듣는 쪽도 케어가 필요합니다. 어려운 일이 생기면 바로 연락 주십시오." 하고 처음 만난 그날 연락처를 주셨습니다. 그리고 인터뷰 조사는 선생님이 예언한 대로 흘러갔습니다.

지금까지 계속 젊은 여성에 관한 조사를 해 왔습니다. 하지만 친족 성폭력에 관한 고백이 나온 것은 이 조사를 시작하면서입니다. 귀 기울여 듣는 사람 앞에서만 할 수 있는 고백이기 때문이라고 생각합니다. 제가 과거에 만나 인터뷰를 한 여성들에게도 그런 일이 없었던 것은 아닐 겁니다. 다만 그때 저는 귀 기울여 듣지 못했습니다. 그래서 놓쳐 버린 목소리가 많았다고 생각합니다.

원고에 쓴 것은 속 시원한 대답이 나오지 않는, 미처 정리할 수 없던 내용뿐입니다. 그런데도 그런 날들을 있는 그대로 기록할 수 있었던 것은 원고의 숨은 페이스메이커가 딸이었기 때문입니다.
딸의 사랑스러움과 변함없는 식욕은 저와 남편에게는 일상의 즐거움이며 앞만 보고 걷는 아이 곁에 있는 것은 세상에서 가장 낙관적인 일이라고 절감합니다.

하지만 딸의 눈으로 보면 이런 날들은 또 다른 의미를 지니겠지요.

연재 전후로 딸이 저를 부를 때의 호칭은 '엄마'에서 '마마'로 바뀌었다가 친구 집에서 하룻밤 자는 경험을 여러 번 해 본 지금은 '어머니'가 되었습니다.

부모에게 의지하는 시간이 친구와의 시간으로 바뀌어 가는 딸을 보고 있으면 아이를 키우는 것이 더 이상 즐겁고 낙관적이지 않은 날이 바로 코앞까지 와 있는 기분이 듭니다.

그것이 바로 성장이고, 그 모든 것을 사랑하리라 예상하면서 구김 없는 날들을 보내는 딸의 유아기를 기록한 것은 참으로 행복한 일이었습니다.

○ △ □

'바다를 주다'라는 제목은 야마시타 하루오 작가의 아동문학 《바다를 줄게요》에서 따왔습니다.

애착 물건인 파란 목욕 수건이 없으면 잠을 이루지 못하는 와타루 군은 파란 목욕 수건이 바람에 날아간 날 수건을 찾으러 숲에 갑니다.